Un régicide

ALAIN ROBBE-GRILLET	*ŒUVRES*
LES GOMMES	
LE VOYEUR	
LA JALOUSIE	
DANS LE LABYRINTHE	
L'ANNÉE DERNIÈRE À MARIENBAD	*J'ai Lu* 546**
INSTANTANÉS	
L'IMMORTELLE	
POUR UN NOUVEAU ROMAN	
LA MAISON DE RENDEZ-VOUS	
PROJET POUR UNE RÉVOLUTION À NEW YORK	
GLISSEMENTS PROGRESSIFS DU PLAISIR	
TOPOLOGIE D'UNE CITÉ FANTÔME	
UN RÉGICIDE	*J'ai Lu* 1772**
SOUVENIRS DU TRIANGLE D'OR	
DJINN	

Alain Robbe-Grillet

Un régicide

Éditions J'ai Lu

« On eût dit que cet homme traversait la vie sans laisser de trace... et l'on peut même prétendre qu'il ne faisait pas de victimes. »

S. KIERKEGAARD *(Le Journal du Séducteur).*

Un régicide *est mon premier roman. Achevé en 1949, il fut aussitôt soumis à un grand éditeur parisien, et fort aimablement refusé. Je travaillais alors comme ingénieur de recherches à l'I.F.A.C. (Institut des fruits et agrumes coloniaux). Rentrant des Antilles au début de l'année 1951, après un séjour consacré à l'étude sur le terrain de quelques parasites du bananier (*cercospora musae *et* cosmopolites sordidus*), je retrouvai mon manuscrit qui avait échoué, après divers errements, sur la table des Editions de Minuit. Cette maison se montrait intéressée. Je coupai court à ses hésitations : j'écrivais un second livre, disais-je, et pensais que celui-là emporterait la décision facilement. Ce fut le cas :* Les gommes, *terminé à la fin de 1952, fut publié aussitôt. Je pensai pouvoir alors faire paraître* Un régicide, *livre plus difficile d'accès. Mais, le relisant, il me sembla nécessaire d'en revoir d'abord le texte. Et, de nouveau, je préférai me consacrer entièrement au récit qui m'occupait désormais l'esprit :* Le voyeur. *Plus le temps passait, plus je trouvais de retouches à faire au premier ouvrage; et moins il m'apparaissait opportun de rompre à son profit le cours de travaux qui découlaient directement l'un de l'autre.*

C'est seulement en 1957, après avoir publié La jalousie, *que je m'attaquai à cette révision. Sur la première page, je corrigeai deux mots, vingt sur la deuxième, un peu plus encore sur la troisième. A partir de la cinquième, je récrivais le texte entièrement. A la dixième, je m'arrêtais devant l'absurdité de l'entreprise; et je composai* Dans le labyrinthe. *Aujourd'hui, je prends le parti de livrer au public mon roman tel qu'il était, ou presque : avec seulement quelques menues corrections de ponctuation, de vocabulaire ou de syntaxe, deux ou trois par page environ. Une seule de ces modifications est importante, le changement de prénom du héros : Philippe, devenu Boris en 1957. En effet, le travail de récriture accompli cette année-là a été conservé ici, si bien que le texte qui va de la quatrième à la neuvième page ne peut être considéré comme d'origine.*

A. R.-G.
juillet 1978.

1

Une fois de plus, c'est, au bord de la mer, à la tombée du jour, une étendue de sable fin coupée de rochers et de trous, qu'il faut traverser, avec de l'eau parfois jusqu'à la taille. La mer monte, par vagues soudaines venant en même temps de plusieurs côtés et se mêlant en dangereux remous. Par endroits, une surface plus égale, recouverte seulement d'une mince nappe liquide, permet un instant de course; mais c'est ensuite, entre deux parois rocheuses, un passage où l'on risque à tout moment de perdre pied, au milieu des entonnoirs creusés par la mer; souvent même il faut rebrousser chemin pour chercher une autre issue, avant que la nuit ne soit tout à fait noire, mais l'eau plus haute et plus agitée rend la retraite encore plus périlleuse. Il n'est pas question d'essayer de nager dans ce tumulte. Il n'est pas question, non plus, d'hésiter longtemps sur la voie la meilleure. De toutes parts le niveau s'élève, les lames déferlent, la puissance des courants grossit. Et quand tout retour en arrière est devenu clairement impossible, le sable en pente douce de la grève apparaît enfin. Les membres tremblants d'avoir échappé à cette violence, je gravis le raidillon qui mène à la dune.

Il fait jour maintenant, mon corps est sec, derrière moi la mer est calme et sans piège. Le parcours, fixé à l'avance semble-t-il, s'achève, cette fois encore, par quelque chose qui ressemble à une victoire, mais tellement provisoire, fragile, incertaine, qu'on chercherait en vain le signe qui la marque, si bien qu'aucune joie ne vient me reposer de mes travaux.

Le ciel est couvert, uniforme et bas; la lande est toute grise dans le petit matin. J'ouvre la fenêtre pour chasser le brouillard du demi-sommeil, mais c'est à peine si un peu d'air pénètre dans la chambre. Dehors il ne fait, comme à l'ordinaire, ni froid ni chaud.

Peut-être ce voyage n'est-il pas terminé, peut-être la grève que je viens d'atteindre n'est-elle encore qu'une halte, sur un itinéraire qui n'est pas près de prendre fin; aussi n'était-elle pas éclairée du poteau blanc de l'arrivée, et je vais devoir passer de nouveau à travers les tourbillons et l'écume. J'ai encore des tonnes de sable à remuer; si le jour brille d'un aussi pâle éclat, c'est qu'il est donné seulement pour quelques heures au milieu des ténèbres... Ou bien, peut-être, aurait-il fallu se laisser submerger par les vagues, emporter comme un noyé hors de cette chambre qui me prend peu à peu mes forces, ma volonté, ma vie, loin de ces landes où croupissent lentement des plantes exténuées, sous un ciel que le soleil n'arrive pas à percer du moindre rayon.

Alors, j'aurais, enfin, découvert la terre... la terre ferme... peut-être... une étendue de sable fin, coupée de rochers...

Le héros se retourna. Maurice... Moritz... Boris... Il se retourna dans son lit, pour regarder de nouveau le gros réveil rond, sur la table de chevet : les aiguilles avaient à peine bougé, il n'était même pas huit heures et demie. Et Boris, avec regret, se rappela qu'il s'était couché tôt la veille, qu'il était inutile par conséquent d'essayer de se rendormir. Il aurait été commode, cependant, puisque l'usine n'était pas là pour absorber minute par minute la journée, de remplir ce grand vide jusqu'au lendemain par trente ou quarante heures de sommeil; mais il ne fallait pas y songer, tant les possibilités étaient limitées dans ce domaine : onze ou douze heures, on ne pouvait espérer plus. Et puis, ça n'aurait pas été tout à fait une solution.

La radio des voisins parlait, égale et terne, comme si le speaker lisait un livre sans intérêt pour lui ni pour personne, peu sûr d'ailleurs que quelqu'un l'écoutât. La voix de femme, à l'étage au-dessous, chantonnait par intermittence un air impossible à identifier. Des cloches sonnaient une messe. C'était dimanche.

Etendu sur le dos, les draps à moitié rejetés vers les pieds, Boris se mit à étudier, à tenter de localiser surtout, afin de la chasser plus facilement, cette sensation désagréable qui l'envahissait comme chaque matin, prenant naissance dans la tête et gagnant peu à peu tout le corps, jusque dans les jambes et les mains; cela devenait vite insupportable et le forçait, le plus souvent, à sortir du lit. C'était l'impression de quelque chose d'absolument lisse et plan qu'il aurait mâché comme un morceau de caoutchouc, mais sans parvenir à en altérer la forme, sans entamer sa parfaite régularité, bien qu'il lui fît en serrant les mâchoires épouser les contours des dents, adhérer même à leur surface; on eût plutôt dit que les dents, par contamination, fussent devenues toutes plates elles-mêmes, incapables désormais d'agir sur rien, à plus forte raison sur cette matière inerte où la moindre prise ne pouvait être qu'illusoire.

Puis, brusquement, alors qu'elle venait juste de se fixer au niveau des premières molaires, la surface unie du lac se brouilla d'un seul coup, pour se transformer en une ligne de vaguelettes stylisées, aux courbes identiques se répétant à intervalles fixes, qui défilaient de droite à gauche d'un mouvement uniforme, assez lent, continu, dont nul accident ne venait plus troubler la monotonie.

Boris ne fut pas pris au dépourvu par ce changement soudain, auquel il était maintenant habitué. Il demeura une longue minute sans bouger, attentif, à contempler le spectacle. Mais il fallait faire quelque chose : la frise des crêtes successives aux formes immobiles, qui poursuivait sa procession exaspérante, paraissait en même temps contenir une menace, comme si une rupture imminente, un enchevêtrement subit du dessin allait déclencher quelque cataclysme. La parade était d'ailleurs connue : Boris, méthodiquement, se passa la langue de gauche à droite sur le devant des incisives supérieures, à de multiples reprises, jusqu'à ce que les petites vagues fussent complètement chassées de sa bouche. Mais, sans qu'il y prît garde, elles se réfugiaient à mesure dans l'arrière de son crâne, juste au-dessus du cou, en un endroit difficilement accessible, d'où les déloger devenait une entreprise autrement considérable. Lorsqu'il s'en rendit compte, c'était déjà trop tard. Seule une intervention naturelle, un bâillement par exemple, aurait pu en venir à bout, ou bien un éternuement, ou un événement du même genre.

Comme il était difficile de rester dans cette situation, en attendant que cela se produisît, Boris se leva, à contrecœur : il était à peine neuf heures du matin.

La chambre se réduisit à ses dimensions mesurables : un rectangle de cinq mètres sur quatre. Le milieu d'un des petits côtés était occupé par la fenêtre, dont il ouvrit en grand le rideau. Les anneaux de bois claquèrent les uns contre les autres, en se rassemblant à l'extrémité gauche de la barre; l'étoffe se replia sur elle-même, contre la table de nuit où était posé le gros réveil nickelé. Dans l'angle de la pièce, entre la table de nuit et le mur, se trouvait le divan. Boris en rabattit vers l'oreiller draps et couvertures, et remit en place, par-dessus, le couvre-lit aux dessins passés.

Comme chaque dimanche, il arrêta les yeux quelques secondes sur la petite peinture à l'huile accrochée au mur, entre le pied du lit et la porte, examinant une fois de plus sans indulgence, mais sans mauvaise humeur particulière, ce modeste témoin, tout ce qu'il avait conservé de la masse des toiles exécutées en trois ou quatre mois de fièvre, plusieurs années auparavant. Puis il fit volte-face, pour se diriger vers la table de toilette, située à droite de la fenêtre. Avec des gestes d'une extrême lenteur, il entreprit de se raser.

Il choisit une lame, parmi celles dont il s'était déjà servi les jours précédents, et la fixa sur le rasoir mécanique, en serrant la vis à fond, pour la desserrer ensuite d'un quart de tour. Il versa une partie de l'eau du broc dans la cuvette, prit le blaireau sur l'étagère et commença à s'humecter les joues, en se regardant dans la glace. Penchant un peu plus le visage en avant, il inspecta la peau avec minutie : elle avait l'air en bon état, dans l'ensemble, dépourvue de ces menues irritations qui rendaient souvent la tâche délicate. Au coin de la bouche seulement, quelques poils avaient comme d'habitude poussé parallèlement à la surface, sous une fine pellicule transparente, sans parvenir à se dégager de l'épiderme. Il ouvrit les lèvres, afin de tendre leur commissure et la région défectueuse avoisinante. La grimace s'accentua, découvrant les dents. Les lèvres se retroussèrent davantage, tandis que les mâchoires se refermaient. Cette fois, la face antérieure des dents apparut entièrement, d'un bout à l'autre de la rangée. L'index de la main libre passa lentement sur la gencive supérieure et sur les collets, depuis les prémolaires jusqu'aux prémolaires du côté opposé, dans un sens, puis dans l'autre, à cinq ou six reprises.

Les lèvres se refermèrent; le blaireau, de nouveau trempé dans la cuvette, reprit ses allées et venues du haut en bas des joues. Ensuite, la main libre promena sur les maxillaires et le menton l'extrémité du savon à barbe; et le blaireau se remit à frotter, plus vite à présent. Ayant aperçu le tableau dans la glace, Boris se tourna, la figure à demi savonnée, pour le regarder à nouveau. C'était rouge et brun-violet, avec des traces mauves, grises, bleu sombre, çà et là. Une importante masse rouge attirait d'abord l'œil, oblongue et teintée de nuances diverses allant du corail au brunâtre, avec une sorte d'incision longitudinale au milieu et des végétations presque noires, aux contours déchiquetés, tout autour; vers l'autre bord de la toile, des formes étirées, colonnes ou aiguilles, se multipliaient dans l'ombre, devenant plus colorées en approchant du centre et traversant la chose rouge de trois pointes bleues inégales. Ça ne représentait rien. Le rectangle avait été pendant longtemps accroché dans l'autre sens.

Tout en achevant, sans hâte, sa toilette, Boris se demanda encore ce qu'il allait faire de cette journée de liberté, une journée de plus qui ne lui laisserait de toute façon, le lendemain, aucun souvenir. Il devait retrouver Laura vers la fin de la matinée; mais la perspective d'une discussion avec elle le remplissait à l'avance de malaise. Laura lui demanderait ce qu'il faisait en ce moment; il répondrait qu'il ne faisait rien, qu'il allait à l'usine, ou bien il inventerait n'importe quoi; mais elle ne serait pas dupe. La jeune femme essaierait alors de le « raisonner », et il ne comprendrait pas grand-chose à ses arguments. Insensiblement, elle en reviendrait à ses propres affaires, au mouvement ouvrier, à la lutte plus ou moins clandestine, aux progrès de l'organisation. Il l'écouterait, comme toujours, avec un étonnement mélangé d'un peu d'ennui. Et cela durerait. Il entendrait des histoires connues, d'autres dont il suivrait mal la nouveauté, la complication. Au bout de quelque temps, il s'apercevrait qu'il n'écoutait plus du tout, qu'il était ailleurs, ou nulle part. Il ne saurait même pas depuis quand.

Quelquefois Laura se taisait d'elle-même. Il finissait aussi par s'en rendre compte. Avec gêne il jetait sur elle un regard, et il rencontrait ses yeux grands ouverts qui le dévisageaient comme s'il avait été une bête étrange, un monstre, ou le vide. Elle lui demandait s'il était malade; il répondait que non, qu'il avait seulement de légers ennuis, comme tout le monde.

Boris s'assit à la terrasse, posa sans les ouvrir les journaux sur la table, commanda du café et des croissants, et attendit, la tête inoccupée, laissant aller ses yeux au hasard à travers la foule, sans rien y découvrir qui déclenchât en lui le moindre courant d'attention. Les gens avaient l'air fatigué, c'était tout ce qu'on pouvait en dire. Indistincts, sans expression, ils passaient. Le décor, que plus rien ne retenait, glissa peu à peu vers le pays des brumes, où la mer étale baigne le pied des roches, sous une lumière grise.

L'eau est maintenant d'un calme absolu. Sans profondeur à cet endroit, mais sans transparence. C'est une surface polie, nacrée, d'où émergent de grosses pierres aux formes arrondies, noirâtres, lisses elles-mêmes, dépourvues de tout goémon. L'éclairage sans contraste les prive également de relief. Leurs contours se doublent par en bas d'images inversées, ni plus ni moins précises, un peu plus luisantes peut-être, que l'on prendrait facilement pour l'original.

Plus loin, les barres rocheuses s'allongent et se multiplient, en traînées basses, qui se dégradent à mesure qu'elles s'éloignent du rivage, pour n'être plus à leur extrémité que de minces lignes pointillées. Plus loin encore, la vision se brouille. Mais si je m'avançais de ce côté, je n'y trouverais toujours que les mêmes rochers sur la même mer immobile.

J'habite une île, trop éloignée de tout continent pour qu'on puisse jamais songer en sortir. De grands bateaux passent parfois dans le lointain, mais ne se détournent pas de leur route pour quelques maisons de si peu d'importance : il n'y a rien chez nous que des landes, de la pierre, du sable. A la fois pêcheurs et bergers depuis les temps les plus anciens, nous vivons ici dans un très grand isolement, ne pouvant même espérer, pour nous ni pour nos fils, un changement à ce sort misérable. Certains pourtant aspirent à une autre vie, qu'il leur est par surcroît impossible de seulement imaginer, ne connaissant d'autre joie que l'odeur du poisson qui grille, ni d'autre horizon que celui de l'océan.

Notre village ne comprend guère plus d'une vingtaine de chaumières, bâties en schiste bleuâtre, basses et groupées presque toutes sur une avancée de terre à une extrémité de la petite baie qui sert de refuge à nos barques. Par derrière, le sol se relève très vite, laissant à peine assez de place pour d'étroits champs en pente, où nous récoltons nos maigres rations de pommes de terre et de seigle; ensuite, c'est la falaise, où les moutons se nourrissent comme ils peuvent, d'une herbe courte et rare qu'ils achèvent de détruire.

Au fond de la baie, et aussi de l'autre côté, face au village, il n'y a, sur plusieurs kilomètres de profondeur, que des marécages coupés de lagunes saumâtres, puis, au-delà, des dunes et de nouveau la lande plus ou moins abrupte au-dessus de la mer, se raccordant insensiblement, par endroits, à de grandes plages de sable ou bien à des bancs de pierre, où pousse le varech. Des landes encore couvrent tout l'intérieur, interrompues seulement de place en place par des terrains fangeux et des tourbières.

Un ciel bas, rarement découvert, maintient sur le pays une atmosphère humide et lourde, point chaude cependant, mais comme cotonneuse et limitant le plus souvent la vue à quelques arpents de grisaille. Nous ne connaissons pas, en revanche, les grands froids qui viennent en d'autres contrées, dit-on, arrêter la vie pendant les longs mois d'hiver : notre île ne voit jamais ni la neige ni la glace dont parlent les livres; les saisons sont, ici, si peu marquées qu'il nous arrive de les oublier. De même, lors des fréquentes périodes de brume, la nuit se distingue à peine du jour à travers les petits carreaux des pièces enfumées, où la lampe à huile brûle alors sans interruption.

Les nuages qui nous enveloppent accrochent leurs lambeaux aux ajoncs des collines et restent là, des semaines entières, à faire et à défaire leurs pans, laissant entrevoir par instant les ailes de bois d'un petit moulin ou quelque cabane à brebis. Celui qui ne serait pas du pays perdrait alors facilement sa route dans le dédale des sentiers qui sillonnent la lande; mais nous sommes bien tous du pays et personne ne risque de s'y perdre, tant nous avons eu le loisir de l'apprendre par cœur : quant à des étrangers, nous n'en voyons évidemment jamais : qui donc, même si cela était possible, voudrait venir ici, où il n'y a rien à gagner ni rien à voir?

Le garçon, taciturne et muet, déposa le café sur la table. Boris commença son petit déjeuner, fixant sans la lire la manchette d'un journal, dont la date finit cependant par s'imposer à son esprit : dimanche 18 août. On était le 18 août. Il resta un bon moment à essayer de dépasser ce stade, puis d'un seul coup l'image revint : les régiments qui défilaient sur le boulevard au pas de parade, les uniformes brillant sous le soleil, la foule reprenant les refrains militaires tandis que les cuivres enrubannés des fanfares tournoyaient tous ensemble au-dessus des têtes... les piétinements énervés des chevaux, l'odeur du crottin, l'éclat des sabres dégainés... C'était il y avait longtemps.

C'est à peine si maintenant une petite mention sur le calendrier venait en rappeler le souvenir. La foule qui s'écoulait devant la terrasse était celle de n'importe quel dimanche et ne pensait pas plus aux revues qu'aux feux d'artifice. Hommes et femmes allaient à leurs occupations dominicales du même pas machinal qu'à leur travail quotidien, tout juste un peu mieux habillés, et tellement semblables, tellement inutiles, leurs jambes lasses et leurs bras ballants, sans but réel, sans raison.

Et Boris, qu'attendait-il assis devant sa tasse? En

un sens, il attendait Laura, qui lui avait fixé ce rendez-vous. Mais Laura viendrait, ou ne viendrait pas, rien n'en serait changé pour lui de toute manière. Il regarda pourtant sa montre. Il se demandait simplement si elle allait venir.

Ici, c'est le climat surtout dont on se lasse vite : les marais et les dunes eux-mêmes prendraient d'autres couleurs, si le soleil pouvait se montrer pendant quelques jours. Bien des fleurs s'épanouiraient alors, qui pourrissent dans leur bouton avant de s'être seulement entrouvertes; peut-être auraient-elles des teintes éclatantes, au lieu des corolles passées, verdâtres et tachées de rouille dont nous devons nous contenter, quand nous en trouvons par hasard.

J'ai rêvé d'une chose rouge, large comme la main, qui me regardait... Si une tornade, un jour, venait dissiper le brouillard qui nous étouffe, nous verrions se lever la lumière dans le ciel retrouvé, le sable serait chaud, la mer serait verte avec des reflets dorés dans le creux des vagues, la lande sentirait le miel... Mais nous ne connaissons depuis toujours que la brume et la pluie, une petite pluie fine qui tombe pendant des semaines sans qu'un souffle de vent vienne la chasser, détrempant doucement la terre des chemins, qui s'enfonce sous les pas avec une plainte chuintante, s'infiltrant partout jusque dans les greniers et les chambres, imbibant les vêtements des hommes et à la longue la laine grise et terne des moutons. Les pommes de terre se gâtent dans le sol et les grains de seigle dans l'épi, les poissons séchés noircissent dans les réserves, les fromages de brebis dans les caves; tout ce que nous mangeons nous laisse dans la bouche un arrière-goût d'aigre ou de moisi.

Bien sûr, nous n'avons pas vraiment l'espoir que tout à coup le temps s'éclaircisse pour de bon. Quel cyclone, quel cataclysme pourrait venir troubler, ne serait-ce qu'une journée, ce régime immuable? On voit mal comment cesserait un tel étouffement : il ne faudrait rien moins que changer la situation géographique de l'île. Quelque navire plutôt, détourné de son chemin par une légère avarie, viendrait un jour chercher refuge près de cette terre mal connue, croyant y trouver une rade; repartant ensuite tant bien que mal devant la pauvreté des lieux, il emmènerait à son bord ceux qui seraient montés.

Partirions-nous alors? Quitterions-nous pour toujours ces horizons où la vie, quoique monotone, est quand même possible, pour risquer de nous retrouver sous d'autres cieux, incapables de supporter les grands froids ou les trop fortes chaleurs? Peut-être l'habitude millénaire que nous avons de ce climat-ci nous a-t-elle marqués dans notre corps au point que nous ne puissions plus vivre ailleurs. Les herbes grises de la lande mourraient probablement d'être transplantées.

Boris regarda de nouveau sa montre : il était inutile d'attendre plus longtemps. Il remit dans sa poche les journaux qu'il n'avait pas encore dépliés, appela le garçon, paya sa consommation et sortit. Laura ne viendrait pas ce matin.

2

Dehors, sur l'avenue, la foule de plus en plus compacte perdait, à mesure qu'elle s'épaississait, les mouvements qui semblaient, ce matin, la diriger dans un sens ou dans l'autre. On ne pouvait guère parler encore de circulation, mais plutôt d'une agitation flasque, sans orientation précise, laissant des zones de stagnation entre lesquelles coulaient, par intermittence, de petits courants hésitants qui se perdaient aussitôt dans la masse.

Boris avançait avec peine, se frayant un chemin au milieu des cadavres, profitant comme il pouvait des intervalles mouvants qui subsistaient entre les agglomérats. L'effort qu'il accomplissait pour progresser le ramena bientôt vers ses réflexions ordinaires et, comme toujours, il fut bien obligé de reconnaître que lui non plus n'allait nulle part. Il sentit en même temps le flot visqueux qui pénétrait rapidement dans tout son corps, entrant en bourdonnement assourdi par le nez et les oreilles, encombrant les poumons de membres cachectiques et de visages verts.

La respiration coupée, il essaya bien de crier, mais pour appeler qui? Et sa tête à son tour s'emplit d'un seul coup d'une bouillie grise, lourde comme du plomb. Il n'y eut plus alors à la surface de la terre qu'une immense banquise sur qui veillait, énorme et solitaire, un œil gelé...

Je suis penché sur une mare, transparente, mais dont l'aspect vénéneux et noirâtre est celui des eaux mortes; le fond, tout proche, incertain, formé de sphaignes à demi décomposées, n'abrite aucun insecte; aucune plante verte, carex ou renoncule, n'émerge sur les bords; la surface n'en est pas tachée de lentilles. Il y a seulement de petites bulles argentées qui sortent çà et là des mousses brunes, montent doucement jusqu'à l'air libre et crèvent, sans faire de bruit, une bulle tout près de moi, une autre un peu plus loin, puis trois ou quatre en chapelet, une autre encore de mon côté... une bulle... deux bulles... une bulle... Des bulles, des petites bulles qui montent doucement.

Pourtant le calme ne demeurait pas longtemps dans ce reposant absolu. De petites flaques de dégel se produisaient à chaque instant par place, un clignement quand même de paupières et des brefs déplacements de la prunelle témoignaient dérisoirement d'un reste de vie. Une étoile, une minute rallumée, attirait un regard du fond des ténèbres, il y avait une étincelle et comme une promesse que le feu allait encore jaillir. Et c'était un événement malgré tout, si mince malheureusement qu'il n'arrivait pas à naître, embryon détaché avant terme, retombé pour toujours dans la pâte inerte.

Il était utopique maintenant de croire que quelques-uns suivaient encore un chemin difficile, choisi pierre à pierre au milieu des décombres. Si un homme cependant, un seul homme, arrivait à poursuivre un trajet de flammes par-dessus les sables mouvants où le sol manque à chaque pas, il sauverait, jour après jour, sa vie, et tirerait du même coup, derrière soi, la longue théorie des autres hommes. Mais ce n'est qu'un feu follet qui danse sur les tourbières, peuplées de métaphores et de mirages... A moins qu'un petit nombre n'ait gagné déjà la terre ferme, chacun de son côté, par des voies incommunicables.

Un remous plus fort entraîna Boris vers un kiosque à journaux devant lequel s'était figée toute une barrière humaine. Bien qu'il ne pût apercevoir entre les crânes ni les images ni les titres, il demeura sans bouger dans cette situation jusqu'au moment où, aspiré soudain par une fissure, il parvint à proximité des feuilles exposées qu'il se mit à lire machinalement.

Pressés contre lui, ses concitoyens, quoique plus nombreux qu'on ne les rencontrait en général autour des nouvelles, avaient l'air également de se trouver là par hasard, totalement indifférents au contenu des articles qu'ils parcouraient. « Eclatante victoire du parti de l'Eglise. » Cela se passait aux antipodes.

« Eclatante victoire... », une pierre raya le ciel comme un bolide et vint crever dans sa chute la surface tranquille d'un trou d'eau, profond et vert, entre des roches plates. Boris se retrouva, loin du kiosque, au milieu d'une foule moins dense où la marche était à nouveau possible; il fit un effort pour échapper à l'attraction de l'eau verte, qui peu à peu disparut sous ses pas, en même temps que devant ses yeux se reformaient les phrases du journal, accompagnées cette fois de tout leur sens : « Eclatante victoire du parti de l'Eglise. – Le succès remporté dépasse toutes nos prévisions : près de 50 % des sièges nous sont acquis dans les grandes villes, 40 % pour l'ensemble du pays. »

Boris sortit de sa poche l'édition du matin de *l'Action* qui célébrait déjà en gros caractères le résultat des élections générales. Les chiffres provisoires annoncés étaient à peu de chose près les mêmes : 38 % des suffrages allaient à l'Eglise, environ 30 % aux Unionistes, un peu moins aux Démocrates, les 5 % restant se partageaient entre le parti régiste et deux ou trois groupes d'importance encore moindre; mais, comme les années précédentes, tout cela réuni ne représentait pas plus d'un dixième du nombre théorique des électeurs.

Le dernier scrutin ne faisait en somme que confirmer ce fait : le pays presque unanime s'abstenait tout simplement de paraître aux bureaux de vote. Sans donner à cette défection collective le caractère de manifestation qu'aurait pris, par exemple, la déposition de quelques millions de bulletins blancs dans les urnes, ou l'organisation pendant les élections de défilés ou de réunions politiques, la plus grosse partie de la population laissait entendre ainsi qu'elle se désintéressait totalement des affaires de l'Etat. Obéissant passivement aux lois, qui demeuraient de leur côté suffisamment prudentes pour ne pas risquer de provoquer chez eux un mécontentement trop violent, les citoyens, pour la plupart, vivaient depuis longtemps dans l'ignorance quasi complète des dissensions gouvernementales, ou des accords momentanés qui se réalisaient et se défaisaient chaque semaine entre le roi, la Chambre et les différents partis.

Boris essaya de se souvenir d'une époque moins morte qu'il avait connue jadis, une époque où la vie publique passionnait encore les masses : il y avait dix ou douze ans, l'Assemblée avait été dissoute à la suite d'une série d'émeutes, il y avait eu des bagarres entre les manifestants et la police, des blessés, des tués probablement. Avec le recul, il semblait pourtant qu'il ne pût exister de lien entre un filet de sang qui s'écoule, formant une petite flaque rouge sur le bitume, et une très anodine histoire de malversations, savamment orchestrée, il est vrai, par une adroite campagne de presse. C'était l'été, il faisait chaud, la journée s'était terminée en discussions de brasseries : « C'est une honte, monsieur! Des milliers d'honnêtes gens réduits à la misère! » Ce n'était d'ailleurs pas tout à fait exact. Chacun, ensuite, était rentré chez soi.

Il y avait eu aussi l'attentat manqué contre le prince régent, mais l'affaire était restée beaucoup plus obscure, même pour ceux qui avaient honnêtement tenté d'en pénétrer le sens; et ceux-ci avaient été peu nombreux, car, en ces temps lointains, déjà... en ces temps lointains... déjà...

L'étroit liséré de sable laissé le long des dunes par la marée haute est interrompu, de nouveau, par une pointe rocheuse qui s'avance dans la mer. Avec cette facilité qui vient de l'habitude, j'escalade les schistes entassés, suivant un chemin reconnu dès l'enfance.

L'eau, à cette heure, pénètre profondément dans un labyrinthe à demi souterrain de tunnels et de gorges, avec des bruits obstinés de va-et-vient. Enjambant, le cœur un peu serré, les gouffres de légende, je m'écarte des passes coutumières vers ces postes avancés, où la mer étale clapote mollement, contre les rochers arrondis dont elle a gardé pour plus tard la conquête. Entre les derniers blocs qu'elle laisse affleurer, une sorte de bassin naturel se dessine, vert et profond, ne communiquant avec la mer libre que par un chenal exigu; en surface du moins, car l'eau est éclairée par-dessous de tout l'éclat d'une immensité liquide. Et je reste fasciné par l'intense lumière qui vient de cet autre monde, où, très doucement, comme attendu, je m'enfonce...

Boris se rendit compte, au froid qui le gagnait soudain, qu'il ne se trouvait plus debout sur la pierre solide, mais bien au milieu de l'abîme qui rapidement l'aspirait. Il serra de toute sa force les poings dans ses poches, jusqu'à se rentrer les ongles dans les paumes; des formes vagues autour de lui s'agitaient, la rangée de maisons sur la droite oscilla, une fois, deux fois, puis reprit son aplomb. Quelqu'un le soutenait encore, il se dégagea en remerciant poliment. « Ce n'est rien, je vais rentrer. » L'eau verte avait de nouveau disparu, il reprit sa marche le long du boulevard.

Il s'agissait donc de ne pas se laisser prendre, puisque tel était, provisoirement, son choix.

Le suffrage, que la vieille Constitution persistait à prétendre universel, ne représentait plus, en fin de compte, que les voix de quelques fanatiques du genre de Laura, perdues au milieu des bulletins achetés par les différents partis au sein des classes les plus pauvres. Et comme, contrairement à ce que certains pensaient d'abord, l'habitude de vendre son vote ne semblait pas devoir s'étendre à plus de quelques millions d'individus, les grands groupes parlementaires rassemblaient, chacun, seulement trois ou quatre centièmes du total des électeurs inscrits sur les registres.

Cependant, la situation du pays était alarmante : l'administration incapable, la production incohérente, les finances désespérées; quant aux relations extérieures, elles se trouvaient si imprudemment embrouillées que, de l'avis général, une catastrophe pouvait du jour au lendemain se produire, et personne n'osait affirmer qu'il en sortirait indemne. Tous sentaient que les biens, l'existence même, étaient engagés dans cette affaire, mais, quoiqu'il n'y eût qu'une infime minorité pour répéter que le problème ne comportait pas de solution raisonnable, on estimait assez invraisemblable qu'il en existât une et qu'elle n'eût pas encore été découverte par les multiples générations de spécialistes qui l'avaient honnêtement recherchée.

Ceux qui votaient, par conviction ou par manque de fortune, affectaient souvent de considérer les autres comme des traîtres, ou tout au moins comme des lâches; ce jugement n'était pourtant valable que du point de vue d'un parti éventuel auquel ils auraient dû donner leur appui. Par surcroît, aucun des chefs ne se faisait faute de supposer implicitement dans ses discours que l'ensemble des abstentionnistes appartenait « de cœur » à son groupe, si bien que chacun d'eux prenait la parole à la Chambre au nom de la nation tout entière, et cela sans risquer le moindre démenti.

Ne s'embarrassant pas plus de logique, le parti de l'Eglise se glorifiait à présent d'un pénible gain de quelques centaines de milliers de voix, qui, pour important qu'il pût paraître par rapport au total des électeurs de ce parti, ou même au total des votants, ne constituait que des poussières vis-à-vis des dizaines de millions de cœurs qui étaient censés battre pour l'Eglise.

Bien entendu, Boris n'était pas dupe de ces artifices de propagande, bons tout juste à tromper les enfants. Rien en somme n'était changé; même si une nouvelle majorité devait s'établir au Parlement, même si le roi était amené à permuter les fonctions de ses ministres, les quatre-vingt-dix millions d'électeurs fantômes continueraient toujours de représenter le pays réel avec lequel il fallait, en dernière analyse, compter. Et, dans ce sens, il était certain que les hommes au pouvoir traduisaient, dans tous les cas, l'opinion générale, car il leur était plus facile de mécontenter impunément n'importe quelle faction, que de prendre l'initiative de réveiller la foule qui n'appartenait à aucune. C'est pourquoi les très importants projets de lois qui figuraient en tête des programmes n'étaient jamais sérieusement proposés par leurs défenseurs mandatés, tant il paraissait hasardeux de faire adopter par l'Assemblée une réforme dont la promesse n'avait pas entraîné le pays vers les urnes. Le clan qui aurait profité d'une domination passagère pour tenter un tel coup de force risquait en effet, mis à part l'éventualité d'un soulèvement populaire bien improbable, de voir l'année suivante quelques mécontents sortir de leur mutisme et faire pencher de l'autre côté la balance, détruisant les savantes combinaisons de suffrages salariés.

D'une façon générale, les politiciens considéraient les idées comme dangereuses et ne les utilisaient que dans des discours rares et confus, relégués en dernière page par les quotidiens d'information. Il n'était donc pas question de les mettre en pratique dans la direction de l'Etat, de sorte que les doctrines pouvaient rester d'autant plus parfaites qu'elles sortaient moins de l'abstraction. A peine quelques-unes d'entre les plus voyantes servaient-elles, de temps en temps, de paravent dans certaines combinaisons particulièrement équivoques; mais, à la réflexion, elles devenaient vite aussi insaisissables que le reste des théories. Systèmes monétaires, économie, enseignement, fiscalité, il s'agissait sans doute d'autre chose. Conceptions différentes de l'ordre, de la liberté, de la justice; l'essentiel était encore ailleurs.

La justice, pourtant... la Justice! En sifflant, le mot passa dans les cylindres d'une machine poussive, comprimé vivement puis fusant en longs jets de vapeur – juss tissss juss tissss juss tissss – pour retomber à la fin sur la chaussée, blanchi, désarticulé, privé de signification... Autour de sa dépouille, le sol reprenait une teinte glauque, celle de l'eau profonde au milieu des rochers... Boris détourna les yeux.

Il tenta, de nouveau, de reconstituer un ensemble cohérent de doctrines, mais l'urgence du danger achevait de rendre la tâche impossible. L'un après l'autre, les mots tournaient dans sa tête, au rythme accéléré de la turbine à vapeur; celle-ci semblait sur le point de s'emballer, quand elle s'arrêta net devant « les grands travaux », qui se mirent à flotter légèrement dans l'air, pour venir se poser sur une pancarte rouge – Attention! Grands travaux – barrant une perspective de palissades et de chantiers, abandonnés semblait-il; mais, puisque c'était dimanche, la chose n'avait rien d'extraordinaire. Il y avait là, du moins, des images sûres où se reposer.

A droite et à gauche, entre les baraquements de tôle ondulée, s'élevaient des échafaudages hétéroclites où s'enchevêtraient des poutrelles de fer et des planches. Des plates-formes avaient été aménagées par place, pour installer de petits treuils à main et des grues électriques; la plupart des appareils avaient d'ailleurs l'air hors d'usage. Et, à regarder de plus près, on remarquait bien que l'ouvrage était interrompu depuis très longtemps, définitivement peut-être : la clôture, effondrée en maints endroits, laissait apercevoir des monceaux de gravats qui disparaissaient à demi sous les mauvaises herbes, des puits en cours de forage débordaient de boîtes à conserve rouillées et de détritus en tous genres. Les terrassements, à peine commencés, servaient déjà de dépotoir. Il fallait même hâter le pas pour sortir au plus vite de ce gâchis.

Les partis, s'ils étaient d'accord sur la nécessité d'entreprendre ces travaux, se séparaient radicalement quand ils décidaient de leur nature : les uns voulaient établir un réseau de routes nouvelles, d'autres remplacer le matériel agricole ou bâtir des cathédrales. Le public ne prenait qu'une faible part aux débats, ne montrant pas plus d'enthousiasme pour le projet régiste, qui débutait par l'édification de vastes maisons de repos. Depuis des années que la discussion durait, aucune entente ne parvenait à se faire, si bien que rien n'était jamais commencé; et chacun restait persuadé de la supériorité de sa méthode.

Pendant quelque temps Boris rêva, confusément, de briques soigneusement empilées et d'ateliers ronflants; puis, exténué par le combat, il marcha, d'un pas égal, sans plus penser à rien.

Sur une côte rocheuse, un trou d'eau, étroit et profond, dont le niveau monte et s'abaisse calmement, régulièrement, au gré des ondulations de la mer. Le fond sableux donne à l'eau claire une transparence lumineuse et verte. La marée haute doit être étale.

Sur les bords, des reflets violets indiquent des touffes de goémons le long du roc; peut-être y a-t-il là trois ou quatre mètres de fond. A la surface, une ligne d'écume blanche, très fine, se dirige imperceptiblement vers le chenal.

Tout à coup, quelque chose tombe, avec un « ploc » et une gerbe d'éclaboussures; les ondes concentriques réfléchies sur le pourtour se brouillent en remous, bientôt repris par l'apaisant mouvement des vagues.

On ne voit plus qu'un trou d'eau calme qui bascule mollement en clapotant contre les pierres.

Boris regarda le journal qu'il avait gardé dans la main sans s'en rendre compte. « Eclatante victoire... » La feuille, roulée en bouchon, vint se poser sur l'eau verte; une brise légère la poussait vers le large.

Longtemps, je suis des yeux cette boule de papier qui s'éloigne.

Après l'avoir perdue de vue, je poursuis mon chemin, le long des grèves, au delà de l'éperon rocheux. La mer commence à redescendre. Des sternes arpentent, en hochant la tête, la ligne d'algues qu'elle vient d'abandonner. Les oiseaux fuient devant moi, gardant toujours sensiblement la même distance, avalant par moment, d'un coup de bec rapide, quelque crustacé minuscule.

Leurs pattes, derrière eux, laissent des dessins précis et contournés, de petites croix tordues qui s'effacent d'elles-mêmes dans le sable humide.

3

Les journaux du lundi matin ne faisaient guère que reproduire, sous diverses formes, les articles de la veille : *l'Action* chantait le triomphe de l'Eglise en laissant clairement entendre qu'une ère nouvelle commençait, chacun des autres partis tentait de convaincre ses fidèles respectifs que son propre insuccès n'était qu'une apparence, derrière laquelle il fallait voir un véritable raffermissement de sa position.

Les feuilles à gros tirage se contentaient de quelques chiffres et de très brefs commentaires, les titres à sensation étant tous réservés à la mort mystérieuse – crime ou suicide – d'un étudiant d'origine étrangère dont le corps venait d'être retrouvé, par hasard, après plusieurs jours de vaines recherches. On voyait partout la même photographie, datant de plusieurs années et très floue, du jeune homme jouant avec un grand chien noir.

Boris acheva de parcourir les colonnes, y compris celles des sports, remit ensuite les pages en ordre et les plia soigneusement.

Il était presque arrivé; le tramway longeait une série de hautes maisons aux fenêtres étroites, dont les façades plates ne se distinguaient les unes des autres que par la nuance, plus ou moins verdâtre, de l'enduit qui les recouvrait. Juste après le tournant apparaissait la grande porte de l'Usine Générale interrompant le mur d'enceinte en mâchefer, devant lequel se trouvait l'arrêt, une cinquantaine de mètres plus loin.

Boris descendit, au milieu d'un groupe d'employés qu'il ne connaissait pas, franchit la grille avec eux en exhibant son laissez-passer et se dirigea vers l'atelier Z.

Dans le hall d'entrée, l'odeur familière d'huile chaude et de poussière d'acier l'envahit aussitôt. Sur le fichier mural sa carte de présence avait été déplacée; il mit quelques secondes à la retrouver, afin de la passer dans l'horloge pointeuse, puis, rapidement, il grimpa le petit escalier conduisant aux bureaux.

En suivant la galerie, qui dominait les machines de la hauteur d'un étage, il aperçut les huit rangées de tours et de fraiseuses et les ouvriers au travail, le visage déjà taché de graisse. La cloison vitrée assourdissait à peine la trépidation des moteurs et le grincement des outils, mais suffisait à créer cette impression d'irréalité, ou d'éloignement infini, que donne aux images une lorgnette retournée.

Une fois la porte du bureau fermée, le bruit n'était plus qu'un bourdonnement ininterrompu que sa continuité même faisait vite oublier.

Boris enleva son pardessus, s'assit à sa table et se mit à contempler les feuilles couvertes de chiffres qui l'encombraient; il en avait encore pour plusieurs jours avant d'avoir achevé cette série de calculs, après quoi viendrait la série suivante : ça n'était jamais très varié. Thomas, son collègue, n'était pas encore là.

Par la fenêtre on voyait la muraille grise, sans ouverture, du bâtiment qui occupait l'autre côté de l'allée; on l'appelait le Magasin Huit, il devait faire très sombre dans ce magasin. Le crépi en était ancien et d'assez vilaine apparence : fissuré de haut en bas, décollé largement par plaques, arraché même en plusieurs endroits, laissant à découvert une sorte de mortier de couleur plus claire et d'aspect friable, à demi décomposé déjà par les pluies en boursouflures irrégulières que le vent désagrège. Sur les arêtes frangées des cratères, le sable s'accumule en sillons mobiles et crépite contre les herbes dures.

La marche est lente et difficile dans ce terrain croulant; une ondulation succède à l'autre, garnie des mêmes plantes rigides et bleuâtres d'où l'on détache par dizaines, à chaque pas, de petits escargots rayés aussi secs que les chardons qu'ils dévorent.

La mer, dont je me suis éloigné peu à peu, n'est plus présente qu'à l'oreille; la vue de toutes parts se limite à la crête des dunes...

La porte s'ouvrit, le passage aux lignes molles se disloqua. Le patron passait la tête, pressé comme toujours :

« Thomas ne viendra pas de la journée. Vous verrez s'il faisait quelque chose d'urgent. Il restera absent pendant plusieurs jours. La commotion a été très forte! »

Le dernier mot tomba, heurtant la table et le plancher avec un tintement clair de cailloux sur un sol durci par le gel.

Boris ne répondit pas tout de suite et la vibration

métallique décrut rapidement; quand elle fut complètement noyée dans le bruit de fond des machines, il était trop tard. L'air reprenait sa consistance colloïdale, comme une boue translucide qui gagnait du terrain, à partir des angles où l'explosion l'avait chassée. L'autre se retira vivement et, pour limiter les dégâts, ferma la porte derrière soi.

A l'intérieur, Boris essaya de se lever, de bouger la jambe au moins, mais sans y parvenir; il resta donc immobile.

Le temps devenait sirupeux; et même il se coagulait par place en gros caillots blêmes qui passaient plus lentement, encombraient la pièce et se collaient aux murs, retardant d'autant l'embolie.

La pendule, fixée au-dessus du grand classeur en bois, marquait d'une façon de plus en plus douteuse les minutes qui se dissociaient; arrivée au bas du cadran, la grande aiguille s'arrêta tout à fait, incapable de poursuivre une course aussi dépourvue de sens. Un silence très obscur, au sein duquel la pensée elle-même avait perdu ses dimensions, établit sa toile entre le plafond, la fenêtre et la porte. L'éternité buvait.

En plein centre de la gelée le téléphone demeuré sauf se mit à sonner, Boris tendit le bras vers l'appareil, l'aiguille des minutes entama sa remontée régulière.

Une voix lointaine demandait Thomas. Boris répondit qu'il n'était pas au bureau et raccrocha. Insensiblement, comme dépose la vase, les collines de sable se reformèrent.

Une pente incurvée dessina, sur la gauche, ses taches mauves de chardons, tandis que se précisait, par devant, la dépression légère, tapissée d'une végétation rase et sèche, avec au fond le sentier tracé par les pas. A droite enfin, du côté de la terre, une montée progressive et la ligne indistincte des dunes qui se perd dans le brouillard.

Nous sommes au milieu de l'hiver, les bancs de poissons saisonniers se sont éloignés de nos côtes, notre maigre récolte est depuis longtemps rentrée dans les granges, les quelques réparations qu'exigeaient nos demeures sont terminées pour cette année. C'est l'époque où, moins que jamais, aucun travail ne presse.

Les brebis, presque toutes taries, ne demandent plus beaucoup de soins, malgré le peu de nourriture qu'elles trouvent à brouter dans les enclos, dont l'herbe est à moitié pourrie déjà. J'ai dû, hier, compléter la ration par quelques brassées de foin mal séché prises sur les réserves.

Ce matin, je suis allé de meilleure heure ouvrir les portes de la bergerie, elles auront ainsi plus de temps pour chercher leur subsistance. Dans le demi-jour ouaté, leur troupeau pressé s'est éloigné sur la falaise, absorbé bien vite par le brouillard où leurs bêlements s'étouffent, le brouillard qui ne nous a guère quittés depuis deux mois.

Nous sommes au milieu de l'hiver et pourtant l'aspect du pays n'en est pas vraiment changé : souvent en plein été on voit de ces longues périodes de brume, mais à présent c'est le désœuvrement plus grand que de coutume qui nous rend encore plus pesants les horizons à peine plus voilés, la mer peut-être un peu plus terne et la lande un peu plus grise seulement.

Après m'être occupé des moutons ce matin, et avoir bu un bol du lait que je venais de traire, j'ai suivi le chemin le long des grands enclos qui bordent la falaise, en grignotant le quignon de pain que j'avais emporté; l'air était tellement humide que très vite la croûte en est devenue molle avec un goût désagréable de mouillé, si bien que j'ai remis le reste dans ma poche pour le faire griller plus tard. J'ai continué ma route, au delà des tourbières, sans penser à rien.

Il y avait des gouttelettes brillantes suspendues aux fils d'araignée entre les tiges des bruyères. Une toile entière parfois, toute chargée d'eau, barrait le passage et venait se coller dans mes jambes, détrempant à la longue l'étoffe trop légère du vêtement.

J'ai marché plus vite pour me réchauffer, j'ai marché jusqu'à ces dunes de l'ouest parmi lesquelles j'erre à l'aventure. Une ondulation succède à l'autre, toute pareille et garnie de la même végétation bleuâtre constellée de petits escargots. Bien qu'il ne soit pas facile de progresser dans ce terrain croulant, je ne ressens pas de fatigue; j'ai cependant l'impression qu'il y a des heures et des heures que je tourne en rond dans le sable et la brume...

Soudain, à la faveur d'une éclaircie passagère, je crois apercevoir le dos d'un homme à quelques mètres devant moi, mais l'instant d'après le rideau de nuages retombe et je me retrouve seul, doutant d'avoir vu quelque chose.

En vérité, cela serait bien étonnant qu'un autre soit venu se promener sur cette côte, où je ne rencontre jamais personne.

Pourtant, de nouveau, j'entrevois une minute ce dos large et un peu voûté qui semble me montrer la route. Sans me soucier du retour, je pénètre de plus en plus avant dans cette zone désertique, abandonnée même par les chardons. Pourquoi rentrerais-je au village? Nous sommes au milieu de l'hiver, l'époque où nul travail ne presse, et rien ne m'attend nulle part.

Peu à peu le paysage autour de moi s'est modifié :

le sol s'est aplani, les herbes sont devenues plus rares; en même temps le ciel légèrement dégagé laisse la vue s'étendre jusqu'au rivage plat d'une baie largement ouverte...

Et je vois toujours cet homme qui marche aussi le long de la mer et que je ne connais pas.

A la cantine, dès le début du déjeuner, la discussion devint générale. Arnaud soulevait avec un zèle renouvelé la question politique et, contrairement à leur habitude, les autres répondaient.

Quelques-uns d'abord avaient dit que cela ne les intéressait pas, mais lui leur rétorquait avec raison qu'en tout cas cela les concernait, ce qui leur semblait être une atteinte sournoise au principe de leur indépendance, si bien qu'ils écoutaient avec mauvaise humeur son exposé de la situation.

Pour Arnaud, la chose était simple : l'expérience prouvant qu'aucune coalition de partis ne pouvait durer, par suite de leurs contradictoires exigences, la majorité relative obtenue par l'Eglise à la Chambre lui permettait de prendre véritablement la direction du pays et par conséquent d'appliquer, progressivement bien entendu, son vaste plan de réforme. Dans l'immédiat, on allait voir commencer incessamment – dès demain, disait-il – les grands travaux que personne jusqu'ici n'avait été capable de mettre en train; devant le succès remporté, les masses ne tarderaient pas à reconnaître l'excellence des principes et collaboreraient de bonne volonté à l'entreprise commune. Dans les rangs des autres partis, il y avait certainement de braves gens qui se rallieraient sans peine à la bonne cause; les autres, on les empêcherait de nuire.

Des protestations s'élevaient tout autour de la table : l'Eglise, d'une part, avait eu déjà la possibilité de prendre le pouvoir et ne l'avait pas tenté; d'autre part, il n'était pas évident que la nouvelle orientation des affaires publiques donnât rapidement des résultats appréciables et surtout que ces résultats fussent jugés favorables par tous. D'ailleurs, même en l'admettant, fallait-il en conclure que cela serait suffisant pour entraîner leur adhésion sincère à l'ensemble du système? Quant à l'idée d'empêcher les opposants d'émettre leur point de vue, elle était jugée inacceptable et faisait dire qu'Arnaud – ou l'Eglise – allait un peu trop fort. De toutes parts on criait à la dictature.

Pour augmenter la confusion, des plaisantins apportaient volontairement dans la dispute des arguments insensés dont beaucoup étaient pris en considération, tandis que des propositions sérieuses passaient tout de suite pour des boutades. Bref, on en oubliait généralement de faire les remarques habituelles sur la mauvaise qualité du repas.

C'est alors que, dans le tumulte, on entendit distinctement cette phrase : « Ce qu'il faudrait, c'est tuer le roi! »

Immédiatement, un silence étonné s'établit. La solution était en effet très étrange, la personne du roi étant, sinon populaire, du moins reconnue comme sans importance et parfaitement inoffensive. Chacun se demandait avec perplexité qui avait bien pu préconiser ce remède, car dans le désordre on n'avait pas su d'où venait la voix. L'idée paraissait stupide, puisqu'elle ne pouvait servir ni l'Eglise, ni ses adversaires, ni quiconque, mais, si ç'avait été une facétie, son auteur se serait montré pour en recueillir le bénéfice; à moins qu'il n'ait été effrayé après coup par sa propre hardiesse. Cette dernière crainte était, à la réflexion, assez inconcevable, car aucun tabou spécial n'entourait le souverain et, sur ce sujet comme sur tous, une extrême liberté régnait dans les propos.

Arnaud, décontenancé de n'avoir pas compris ce qui s'était passé, ne songeait plus à reprendre ses démonstrations; il avait peur qu'on ne le rendît responsable d'une gêne dont il était en somme à l'origine, peut-être même qu'on ne l'accusât d'être un assassin. Quelqu'un conclut, traduisant l'opinion générale : « C'est idiot de dire des choses comme ça. »

Boris raconta brièvement l'accident survenu à Thomas : un camion l'avait renversé le samedi matin et, quoique sans blessure grave apparente, il devrait garder le lit pendant plusieurs jours. Chacun déplora cette malchance, puis s'en fut, à travers les cheminées et les murs noircis, fumer tranquillement une ou deux cigarettes.

Dans son bureau, la silhouette massive attendait Boris.

L'anse que nous avons suivie s'achève en une langue de terre sans relief notable, à peine plus haute que la plage et marquée seulement à son extrémité par une éminence pierreuse, dernier vestige de quelque construction très ancienne. C'est là que l'homme s'est arrêté, face au large, paraissant scruter le mouvement des vagues.

Je ne suis pas souvent venu dans ces parages : la pêche en été ne se pratique pas sur cette côte et le sol n'y produit rien qui vaille; il est uniforme et dur, comme un gravier très fin aggloméré par la pluie, ou plutôt par les grandes marées qui doivent pénétrer profondément sur ce terrain plat que ne protègent ni rochers ni dunes. Des dépôts de sel en témoignent, formant à sa surface une lèpre de cercles blancs, au milieu de petites plantes rares et souffreteuses : les unes avec des feuilles épaisses mais auxquelles une croûte grise enlève toute apparence de vie, d'autres réduites à une rosette sèche et poilue au ras de terre, des lichens enfin dont les plaques se confondent d'abord avec les marbrures du sol malade.

Comme je me suis attardé pour les contempler de plus près, je m'aperçois en levant les yeux que le guetteur a quitté son promontoire et s'éloigne.

Il semble maintenant marcher plus vite, bientôt il disparaît tout à fait dans un creux qu'on ne distinguait pas d'où je suis. En cet endroit, le sable est tellement compact et tassé qu'on dirait une roche un peu pourrie qui affleure; sous les pieds craquent les déchets noirs des goémons apportés par la mer.

La silhouette émerge au loin, sur une crête, et plonge à nouveau. Le rivage, là-bas, reprend ses moutonnements irréguliers. Je rebrousse chemin pour être rentré avant la nuit. Qui avait bien pu prononcer cette phrase et pourquoi?

4

Sur le signal d'une petite trompette, les trois voitures pleines à craquer s'ébranlèrent. Arrivées au tournant, elles allaient encore si lentement que cinq ou six retardataires, débouchant en courant de la grande porte, réussirent à sauter sur les marchepieds en s'accrochant aux grappes humaines qui pendaient déjà des plates-formes. A l'intérieur un tassement s'opéra, accompagné des murmures de protestation de ceux qu'on écrasait. Ensuite le convoi prit un peu de vitesse.

Boris se trouvait étroitement coincé entre deux inconnus qui se parlaient à travers sa figure comme s'il n'avait pas existé; Vincent, avec lequel il était sorti de l'usine, avait été séparé de lui lors de la prise d'assaut du tramway.

« Tu as vu ce type qu'on a descendu?

– Qui? L'étudiant?

– Red, on l'appelle. C'est un drôle de nom. »

Leurs avis étaient partagés : pour le premier, c'était un métèque, donc un espion, que la police avait liquidé, elle avait d'ailleurs eu raison; l'autre, moins loquace et plus romanesque, optait pour le crime passionnel.

Boris essaya de se reculer hors de la conversation des deux hommes. Heureusement, des gens descendaient, ce qui facilita le mouvement; le xénophobe profita de la place dont il disposait pour déplier un journal du soir.

Un cliché de grande taille en ornait la première page; Boris reconnut immédiatement le chantier abandonné où, la veille, il s'était égaré lors de sa promenade : les mêmes échafaudages bizarres, hérissés de matériel détérioré, les mêmes baraquements défoncés et les mêmes tas d'ordures. Une légende en caractères gras indiquait que le cadavre avait été découvert dans ce terrain vague, en banlieue. Emu de cette coïncidence, Boris chercha dans ses souvenirs pour préciser l'impression, mais celle-ci ne fit au contraire que s'effacer de plus en plus, si bien qu'il n'en resta bientôt qu'une inquiétude légère. D'ailleurs, il n'avait pas, hier, quitté le centre de la ville, que nul chantier, récent ou ancien, ne déparait; comment ces images avaient-elles pu se lier dans son esprit? La journée de dimanche n'évoquait plus maintenant que des grands immeubles de pierre, cossus et réguliers. Il dut même, à la fin, douter que le choc ressenti puisse provenir de quelque paysage demeuré dans sa mémoire. Mais quoi d'autre?

La voiture s'était vidée progressivement, un siège devenu libre lui permit de s'asseoir. En somme, il n'y avait rien de bien remarquable dans ces enchevêtrements de ferrailles et de poutres, restes de quelque construction tôt interrompue par la crise. Les herbes folles avaient poussé, çà et là, par-dessus les débris qui jonchaient le sol; des morceaux utilisables avaient été arrachés partout où l'on avait pu – bois à brûler, fragments de tôle pour raccommoder le toit d'une cabane – tandis que l'on déversait à la place les rebuts trop encombrants de la vie domestique. La seule particularité qui distinguait cet endroit de ses semblables, très nombreux dans les environs, résidait en ses dimensions inaccoutumées trahissant l'importance considérable des travaux entrepris, projets grandioses dont il ne subsistait que des squelettes écroulés et des trous comblés à demi par les décombres.

Boris s'avançait, dans un fouillis de vieux seaux et de fourneaux mangés de rouille, quand il aperçut à ses pieds, sur le chemin battu par les jeux des enfants, une pierre plate, horizontale, qui dépassait à peine de terre. De toute évidence, c'était là une pierre tombale : on voyait nettement la petite croix suivie de l'inscription laconique, gravée grossièrement et toute fraîche, semblait-il :

Ci-gît Red

A ce moment un coup de sifflet long et perçant retentit à ses oreilles en même temps que les trois mots se brouillaient, pour reparaître en une anagramme accusatrice :

Dans la voiture, la lumière s'alluma, quoiqu'il fît encore assez clair au-dehors; Boris regarda, dans la vitre, sa tête vivement éclairée qui défilait sur un étalage de carottes et de choux.

La pièce où je pénètre est sombre; sous les poutres basses, la fumée du tabac se mêle dans l'air épais à celle plus âcre de la tourbe; le jour qui filtre par les minuscules fenêtres suffit à peine à guider mes pas vers la table, et je distingue mal encore le visage de ceux qui y sont assis. Cependant, je m'avance sans crainte et je prends place au hasard sur le banc : là ne peuvent être réunis que mes compagnons, les hommes du village.

Un gobelet de terre cuite passe de main en main, rempli de cette boisson amère que nous préparons avec du grain germé. Personne ne dit rien. On n'entend que le gargouillement d'une pipe et les plaintes du feu de tourbe trop humide, dans la grande cheminée qui tire mal. Comme les autres, je fume en silence.

Peu à peu mes yeux s'accoutument à la pénombre; autour de moi sont assemblés l'aveugle Alban, Malter le rebouteux, Guilhem et Guiraut les deux frères, Peire avec son chien couché près de lui sur les dalles, Venant l'ancien, Venant le jeune, Maur et Marc mes compagnons de pêche, Eric le blond et là-bas Guérin-le-Septième qui, même assis, nous dépasse tous d'une tête. Plus loin, le bout de la table longue est si peu éclairé que je ne vois pas qui l'occupe.

Le gobelet circule, que de temps en temps l'un ou l'autre remplit à la cruche...

Guiraut dit, en pesant chaque mot : « Son corps avait la couleur vivante de la flamme. » Puis il tire une bouffée de sa pipe et retombe dans ses réflexions.

On s'est tourné vers lui, avec de graves signes d'approbation, mais aucun de nous ne fait la moindre remarque. Il a dû raconter son histoire avant mon arrivée; je ne demande donc pas de quoi il s'agit : je suis trop jeune, il ne recommencerait pas le récit qui devait être long, du train dont il va. Ce doit être un poisson fabuleux qu'il aura capturé jadis, ou bien aperçu seulement.

Les minutes passent; tout le monde fume en silence. Il semble que ce soit à mon tour de conter quelque chose.

« Il y avait quelqu'un dehors, aujourd'hui, du côté des dunes. »

Personne ne répond; des visages se tournent pour chercher qui se promenait par ce temps. Je sens que j'ai parlé inconsidérément, puisque moi-même je n'avais rien à faire là-bas. Néanmoins, je continue, pressé d'en finir : « Quelqu'un que je ne connaissais pas, qui marchait le long du rivage. »

C'est tout, je me tais, l'histoire est finie. C'était pourtant comme un son de trompe lointaine. Que pourrais-je ajouter qui fasse comprendre ce que le langage ne saurait exprimer? Les autres se taisent aussi.

Derrière les carreaux bleuis, le soir est venu. Il fait complètement noir. Marc, qui est le cadet, se lève et remet avec précaution de la tourbe sur le feu; on n'allume pas de lampe, par respect pour Alban. La fumée devient si épaisse à présent qu'on peut à grand-peine respirer.

Je pense que je ne recevrai pas d'explication quand la voix de Venant l'ancien s'élève dans l'ombre : « C'était sans doute l'homme à la tour, Malus le solitaire. »

Je dis encore : « Je n'avais jamais vu cet homme.

– C'est parce que tu es si jeune. »

De nouveau le bruit de la bière qu'on verse et les gargouillements d'un fourneau de pipe. Le feu, que Marc a ranimé, éclaire seul la pièce, faisant danser des ombres gigantesques le long des murs. Endormi, le vieux chien gémit faiblement dans son rêve.

« Je l'ai vu déjà, celui dont tu parles. Même une fois j'ai croisé son regard vide, qu'il tient le plus souvent fixé sur la haute mer comme s'il en attendait quelque message. Sa tour se dresse, là-bas vers le nord, à la pointe extrême, au milieu des rochers battus par les vagues.

– Pourquoi n'habite-t-il pas avec nous? Pourquoi ne vient-il jamais au village?

– Je ne sais pas. »

Au cœur opaque de la nuit, nous marchons côte à côte, Marc et moi. Au bout de la ruelle, à l'endroit où cessent les pavés, nous nous séparons : chacun rentre chez soi pour dormir. Un souffle de vent apporte du fond de la baie l'odeur de la marée basse.

En montant l'escalier, Boris reconnut le pas de Laura qui gravissait les marches derrière lui. Il ouvrait sa porte quand elle le rattrapa. Ils entrèrent.

Laura, qui avait passé sa journée en réunions et palabres, paraissait exténuée; elle se laissa tomber dans le fauteuil et contempla Boris sans parler, cherchant de quel côté elle l'attaquerait.

Lui ne se sentait pas en état d'opposer une résistance sérieuse; inquiet sans savoir pourquoi, il se demandait s'il n'allait pas plutôt tenter la narration de ce qui lui était arrivé depuis la veille. C'était une tâche difficile, puisqu'en somme il ne lui était rien arrivé et que les quelques impressions qu'il croyait en avoir gardées fuyaient dès qu'il voulait les saisir. Le peu que Laura pourrait entrevoir serait d'autant plus inconsistant qu'elle y prêterait moins d'intérêt, or elle ne devait pas s'être dérangée pour écouter des contes d'enfants. D'un autre côté, il aurait été important d'exposer à la lumière certains points par trop confus, afin de juger de leur existence; mais par où commencer? Il y avait eu des vallées et des plaines, des fleuves aux rives plates qu'on n'en finissait pas de suivre, il y avait eu des eaux calmes étouffées sous les nénuphars; quoi encore?

Boris se décida pour ces mots : « Tu n'es pas venue hier », qui étaient objectifs et n'engageaient pas à grand-chose.

Laura fit un effort pour sortir de sa torpeur. Elle savait par expérience que l'atmosphère de cette chambre lui était défavorable; elle devinait des pièges et des trappes tendus de toutes parts, prêts à engloutir celui qui s'assoupirait. En face d'elle, Boris aspirait les odeurs de la nuit.

A cent mètres à peine, le reflux laisse à découvert la baie. Le bruit régulier du ressac guide les pas vers le bas de la grève; aux galets polis succèdent les graviers, puis le sable lisse, coupé par des bancs de petits cailloux durs. Plus loin, les pieds s'enfoncent dans la vase argileuse, dont la fadeur se mêle au parfum d'iode et de sel. Il fait nuit. La mer est basse. Viens, Laura. Le sable humide est doux sous les pieds nus, l'eau est tiède le long des jambes; viens-t-en marcher parmi les lianes mouvantes des herbiers, viens écouter, Laura, le chant nocturne des sirènes...

Après quelques secondes comme d'hésitation, le premier flot de la marée montante donna, parmi les algues déroutées, le signal de la charge.

« Non, je ne suis pas venue, je n'ai pas eu le temps, commença la jeune fille.

– Tu n'as jamais le temps, dit Boris; mais le ton n'était pas celui d'un reproche.

– Les élections nous ont donné du mal, reprit-elle. Tout s'est bien passé : tu as vu les résultats. Immédiatement après, il a fallu organiser la manifestation pour la Fête Nationale; il n'y avait pas beaucoup de monde, ce n'est qu'un début.

– Les journaux n'ont pas soufflé mot de cette manifestation. Que comptez-vous faire à présent? »

Le plan de l'Eglise était simple. Il s'agissait de faire prendre à la population conscience du péril qui la menaçait, et, sans créer de panique inutile, lui montrer qu'un malheur était imminent, mais non pas inévitable. Le réveil de la vigilance publique s'accompagnait d'une propagande massive en faveur de l'Eglise, « seule capable de venir à bout des innombrables difficultés de l'heure », et, parallèlement, de la mainmise croissante du Parti sur le gouvernement.

Le tout se passerait le plus possible sans heurt : pas de scandale à la Chambre, pas de bagarre dans la rue; les incidents de la soirée de dimanche, au cours du défilé, avaient été soigneusement étouffés, ne pouvant que nuire à la réputation du parti de l'ordre; l'aspiration générale à la sécurité, à quoi l'on faisait appel d'un côté, ne devait pas être contrariée de l'autre. Mais, en même temps, par une mobilisation progressive des esprits, chacun se trouverait de plus en plus « placé sur le pied de guerre » et deviendrait insensiblement « soldat de l'Eglise au service de la communauté ».

Boris s'inquiéta tout de suite du rôle que jouerait le roi. La question semblait très accessoire à Laura : le souverain, bien entendu, continuerait comme par le passé d'être discret et favorable au plus fort. Or, la suprématie de l'Eglise, légale dès maintenant puisque celle-ci avait obtenu la majorité des suffrages, ne cesserait de s'affirmer à mesure que les partisans marcheraient plus nombreux derrière elle. Le moment venu, un nouveau scrutin enregistrerait les progrès accomplis, achevant ainsi les factions rivales et montrant que c'était bien désormais le pays réel qui faisait la loi. Les indécis voleraient ensuite au secours de la victoire.

Pour mettre les choses au point, on romprait définitivement avec les autres partis en arguant des différences de doctrine, qui ne manquaient pas. Lors de maints compromis réalisés depuis dix années, on avait accepté des alliances témoignant de moins d'intransigeance, mais les dialecticiens professionnels trouveraient facilement à l'expliquer, ne serait-ce que comme un effort de conciliation dont l'échec n'était qu'une démonstration supplémentaire de la nécessité d'en finir. Cela rappellerait à tous de façon précise quel était le vrai propriétaire des idées invoquées, donnerait par-dessus le marché quelque satisfaction aux théoriciens, que l'on sortirait pour l'occasion de leur retraite, et ferait l'apaisement des militants sincères qui se demandaient jusqu'où iraient les « exigences supérieures de l'action ».

C'était en effet sur ce petit noyau de bonnes volontés que tout le système futur allait s'échafauder, et non comme autrefois sur l'achat des bulletins de vote. On se rendait compte que ce procédé ne menait à rien; il avait été employé honnêtement en vue de faire le bien des citoyens malgré eux; devant l'impossibilité d'y parvenir de cette façon, on allait, au contraire, faire appel à la liberté de chacun.

Même les plus réticents d'entre les dirigeants de l'Eglise reconnaissaient par force le bien-fondé de cette méthode. Comme chaque parti réservait la totalité de ses ressources financières à la rémunération de ses électeurs, la moindre élévation du salaire proposé, quoique augmentant le nombre des postulants, ne pouvait que diminuer celui des bénéficiaires; si bien qu'une sorte de cours s'était établi pour le prix du bulletin, qui variait très peu et définissait l'équilibre entre le pouvoir d'achat des partis et celui de leur clientèle; ainsi les rabatteurs devaient, pour convaincre, user d'arguments psychologiques, tels que flatteries et promesses, comme s'il s'était agi d'une véritable campagne électorale.

On allait se débarrasser de toute cette organisation bureaucratique et policière dont le principal travail consistait à prospecter les quartiers pauvres à la recherche de vendeurs naïfs, ou mal renseignés, qui laisseraient leur carte à bas prix. C'était désormais d'hommes de bonne foi (comme Boris) que l'on avait besoin, pour constituer un cercle de plus en plus vaste et actif. Il fallait donc que ceux-là sortent de leurs songes et se décident à organiser l'Etat, au lieu de vivre dans le chaos. Si on les avait considérés comme gênants jusqu'ici, ce n'était point – disait-elle – à cause de leur sincérité, mais plutôt de leur incertitude.

Boris avait écouté du mieux qu'il avait pu; il sentait qu'il fallait maintenant répondre. Le seul fait capital qui l'eût frappé était que le roi n'entrait pas dans ces projets. Il dit, sans presque s'en rendre compte : « La nuit s'avance, dans quelques heures la mer redescendra. »

Laura eut un geste de découragement; elle n'avait pas de temps à perdre avec des rêveurs. En d'autres circonstances, elle aurait été peut-être intéressée par cette déclaration, mais la mer pour elle ne cessait plus de monter. Elle prit rapidement congé de lui.

Une fois seul, irrésistiblement, Boris se mit à rire, sans savoir pourquoi, d'un rire immense et silencieux.

Les nuages bouchent le ciel, en barres violettes, parallèlement à l'horizon; pourtant, l'air est plus sec et plus léger que de coutume, les lointains sont éclairés avec cette netteté un peu fausse qu'on voit quelquefois, juste avant la pluie.

Je m'avance vers le nord. Des corbeaux en essaim volent autour de moi, m'accompagnant dans mon voyage de leurs claquements d'ailes et de leurs cris. Le ciel est noir, la terre est noire, la pluie va tomber.

Tout au bout de l'île, sur l'extrême pointe, se dresse la tour antique d'où le Solitaire, nuit et jour, surveille l'océan. C'est là-bas que je vais; à travers la lande, au bord des falaises, le long de la mer, je vais vers le nord : dans le sable et dans les marais, depuis toujours, je marche inlassablement vers le nord, où m'attend l'homme à la tour.

C'est l'heure, c'est l'heure; j'entends sonner, tout en haut du beffroi, les cloches qui m'appellent vers le nord.

5

Le mardi matin, Boris se réveilla la tête lourde et douloureuse. Il crut d'abord qu'un peu d'eau froide allait dissiper ces déchets nocturnes, salis et chiffonnés, qui traînaient dans sa cervelle, son cou, ses membres même; mais il n'en fut malheureusement rien : une migraine décidée s'installa au contraire et, loin de se calmer au petit déjeuner, elle ne fit que croître avec chaque mouvement qu'il lui fallait accomplir pour se préparer, puis se rendre à son travail.

Même lorsqu'il restait immobile, le mal empirait sans cesse : chaque bruit qu'il percevait lui traversait la tête d'une tempe à l'autre et, là, au lieu d'en ressortir comme il était entré, il rebondissait en se répercutant à l'infini sous les colonnes et les voûtes à la recherche d'une issue. Après la valse heurtée, dans la rue, des poubelles et des bidons de lait, ce furent les grincements du tramway au milieu des appels de trompe et, pour finir, l'atelier, dont les martèlements horribles l'achevèrent.

Une fois dans son bureau, il resta debout contre la porte refermée et mit une main devant ses yeux. Du monde extérieur ne venait plus aucun son, la pièce était tranquille, les choses y reposaient calmement, chacune à sa place, mais ce n'en était que plus effrayant de sentir dans son crâne se déchaîner le tapage infernal de tous les chocs qu'il avait emmagasinés, qui de toutes parts cognaient aux parois. Il avait l'impression de s'être retranché dans une cave avec un peuple d'ouvriers forgeant des armes et d'assister impuissant aux préparatifs d'une guerre qu'il aurait voulu empêcher.

Il s'assit à la table pour essayer quand même de

reprendre les calculs à l'endroit où il les avait laissés la veille, mais les chiffres sautaient devant lui sans qu'il pût les maintenir en ordre; c'était à grand-peine s'il réussissait à confectionner patiemment quelques nombres, encore n'était-il pas sûr de beaucoup d'entre eux, il n'était donc pas question de tenter la moindre opération sérieuse, même à la machine.

Boris reposa les feuilles et laissa son regard errer de l'autre côté de la fenêtre. La muraille du Magasin Huit était encore plus rebutante que les autres jours.

Vincent, venu le prendre pour déjeuner, le trouva parmi les papiers épars, regardant dans le vide d'un air hébété et ne voulant pas croire qu'il était déjà l'heure.

Au réfectoire, il ne put rien avaler, ayant plutôt envie de vomir; les camarades lui conseillèrent amicalement de demander un remède à l'infirmerie. Trop abruti pour bien saisir le soulagement qu'il en éprouverait, il ne parvint à s'y résoudre que vers deux heures, mais il avait sans doute trop attendu car c'est à peine si trois cachets apaisèrent un peu la douleur; la tête resta tout encombrée de raies et de fils entremêlés. Il essaya cependant d'avancer le travail du bureau, puisqu'il devait achever à la fois son ouvrage et celui de Thomas toujours absent : il n'obtint comme résultat que d'embrouiller davantage l'écheveau du peu qu'il conservait de raison.

A quatre heures, il prit la décision de retourner à l'infirmerie pour voir le médecin de l'usine; celui-ci le trouva fatigué, sans lui découvrir aucun symptôme alarmant : il lui conseilla simplement de rentrer chez lui, de se reposer jusqu'au surlendemain et de prendre, s'il voulait, quelque reconstituant.

Les rues étaient désertes, Boris y ressentait sa propre présence comme quelque chose d'anormal et de choquant; néanmoins, sa migraine s'atténua au grand air, pour devenir bourdonnante, confuse, semblable à un paquet d'ouate.

L'un après l'autre, les gens sortaient de leur cachette avec des mines bizarres; on voyait bien qu'ils ne se sentaient pas dans leur assiette. La plupart, au lieu de marcher d'une façon ordinaire, se déplaçaient mollement à quelques centimètres au-dessus du trottoir, avec des mouvements de jambes incertains qui paraissaient parfois tenir tout à fait du vol, mais en général restaient maladroits, ambigus, probablement inutiles. On avait envie de les asseoir, mais il n'y avait pas de banc dans les rues étroites de ce quartier. D'ailleurs, ils donnaient l'impression de ne plus pouvoir s'arrêter, leur faible agitation étant définitive; de même ils avaient dû perdre le souvenir de s'être un jour mis en route, et, à plus forte raison, du mobile qui les y avait poussés. Dans les mains résidait un autre élément de gêne, comme s'ils n'avaient su qu'en faire; les bras ballants, ils tendaient parfois ceux-ci à droite et à gauche pour saisir un objet invisible que jamais ils ne pouvaient atteindre, ou bien pour dessiner en l'air des signes, des repères, des marques, mais en vain : ils ne laissaient d'autre trace que leur ombre, encore était-elle douteuse, et, de toute façon, elle se déplaçait avec eux.

Boris trouvait lui-même un certain manque de pesanteur dans ses propres gestes, qui lui faisait redouter à tout moment de manquer un des pas qu'il risquait à l'aveuglette. N'étant pas assez conscient pour parvenir à s'intéresser de façon continue à son chemin, il marchait sans but précis à travers les rues, ayant pourtant la vague sensation qu'il se rapprochait de son domicile, mais plutôt par hasard que par un effet de sa volonté.

A chaque instant, il ne reconnaissait plus les maisons qui l'entouraient; aussi pensait-il s'être égaré, sans en éprouver d'ailleurs la moindre angoisse. Puis, au carrefour suivant, il se repérait à nouveau et constatait qu'il ne s'était en aucune façon écarté de sa route, malgré le peu d'importance qu'il y avait attaché. Peut-être s'en serait-il alarmé de sang-froid; aujourd'hui, cela lui paraissait seulement comique, alors que le fait de se trouver sans raison sur cette voie eût dû lui laisser craindre qu'elle ne fût pas la bonne, ou, en tout cas, qu'une autre pût l'être également.

« Tous les chemins mènent à Rome », se dit-il, presque à haute voix.

Dès qu'il fut de retour dans sa chambre, Boris absorba deux nouveaux cachets d'aspirine et se mit au lit, mais il ne put trouver le sommeil.

Il faisait à peine nuit. Après s'être agité pendant plus d'une heure, il finit par allumer sa lampe de chevet et prit sur la table le journal du matin qu'il avait déjà parcouru rapidement. Ces journaux prenaient dans son existence une importance démesurée, peut-être était-ce là une preuve qu'il devenait gâteux.

Pourtant, à la réflexion, il n'en lisait pas plus que d'habitude; mais il le faisait avec plus d'attention, comme s'il en avait attendu des révélations ou des mots d'ordre. Actuellement, c'était le seul moyen qu'il eût de se procurer des renseignements sur le souverain : il y avait toujours en effet une foule d'informations, plus ou moins brèves, concernant sa vie publique ou privée. Sans même s'en rendre bien compte, Boris aurait aimé trouver dans ces colonnes le reflet des préoccupations qui l'agitaient depuis la veille; il ne voyait rien de tel : ni complot, ni début de maladie, ni accident, même bénin; le roi était, comme toujours, en bonne santé, souriant, hors d'atteinte.

D'un autre côté, cela valait mieux ainsi. C'eût été pour ainsi dire aux dépens des prérogatives de Boris que la plus petite infraction se fût produite à cette règle, car il se découvrait un sentiment de propriété à l'égard de cet homme et souffrait surtout, par conséquent, de sentir la vie du monarque si peu dépendante de la sienne propre.

Sans doute avait-il déjà vu le roi, plusieurs fois même, quoique de loin; il n'avait non plus jamais essayé de l'approcher davantage, et tout d'un coup il se le reprochait, comme une possibilité qu'il aurait négligée. Ce roi, qui était *le sien*, demeurait tellement étranger, tellement inaccessible, qu'il n'était plus qu'une abstraction, même pas un symbole, en aucune façon un être humain; Boris en venait tout naturellement, à force d'y réfléchir, à douter de sa réalité.

Son nom, cependant, revenait régulièrement au cours des pages : le roi présidait la réunion de la nouvelle Chambre, le roi visitait des travaux, le roi recevait, inaugurait, inspectait; tout cela réuni ne faisait pas beaucoup de vie, bien que les dîners officiels à eux seuls eussent suffi à le nourrir.

Un article un peu plus long que les autres, consacré à la représentation qui venait d'avoir lieu au Théâtre Royal, lui donnait un semblant de consistance : il y paraissait gai, jovial sans grossièreté, assez fin même et bon critique dramatique, passionné disait-on de poésie, écrivant quelquefois des vers à ses heures perdues. Boris, qui ignorait tous ces détails, cherchait à faire la part de la vérité et de la flatterie; mais pourquoi flatterait-on le roi?

Il essaya de préciser la figure qui passait devant ses yeux, aperçue jadis debout dans une voiture découverte, d'un petit homme, encore jeune d'allure, avec une barbiche poivre et sel et des yeux amusés.

Tandis qu'il la poursuit, l'image perd sa netteté peu à peu; il n'en reste plus bientôt qu'une ombre de sourire qui flotte sur les murs.

Boris, qui a éteint sa lampe, ferme les yeux; le visage indécis continue de s'estomper, avec encore par moment un éclair de vie dans le regard; ses traits changent sans cesse, pour se figer de temps à autre en une série de grimaces tantôt grotesques et tantôt effrayantes...

Puis tout se calme, mais la tête est plus lointaine et plus grande à la fois; les yeux élargis, quoique plus enfoncés, guettent quelque chose, avec anxiété. Boris se retourne pour suivre, de l'autre côté de sa propre face, la direction de ces prunelles attentives qui le traversent de leur éclat. Il y retrouve un paysage connu, au bord de la mer une étendue de sable fin coupée de rochers et de trous... La figure, de plus en plus brouillée, disparaît progressivement et laisse voir à sa place un chaos de blocs entassés, dans la lumière avare de la nuit tombante. Là-bas, sur la crête des dunes, un homme s'éloigne à pas rapides, le dos légèrement voûté; un immense chien noir court derrière lui.

Encore une étendue plate, de landes cette fois, aride et pierreuse, d'où l'on n'aperçoit pas la côte. L'éclairage est froid, triste, mais semble être plutôt celui de l'aube.

Je suis fatigué, mes pieds que je n'ai plus la force de soulever butent à chaque instant sur des cailloux, au risque de me faire perdre l'équilibre. Je dois marcher depuis très longtemps et je ne repère pas bien dans quel endroit exact je me trouve : des ondulations vagues, avec des touffes de bruyère flétries qui parsèment chichement un sol stérile, où la pierre partout affleure. Rien n'indique clairement le site, j'ai l'impression désagréable d'être dans une zone indifférenciée, sans localisation précise.

Cependant je poursuis ma route, dans l'espoir d'arriver aujourd'hui jusqu'à la tour; mais pourrais-je la reconnaître dans cette pénombre? Peut-être l'ai-je déjà laissée sur ma gauche ou ma droite, sans la voir? Ou bien me suis-je égaré tout à fait, ayant même perdu la bonne orientation? Rien d'assez net ne distingue dans notre île une lande d'une autre, aussi avons-nous souvent le sentiment que nous pourrions tout autant nous trouver nulle part.

Je n'ai pas le souvenir, en tout cas, d'une telle désolation dans cette partie de l'île; en somme, je n'ai jamais dû venir jusqu'ici.

Et brusquement, après avoir franchi une espèce de barrage formé de galets entassés, je me retrouve sur la grève, au milieu d'une étendue de sable fin coupée de rochers et de trous qu'il me faut traverser. L'eau monte, par vagues soudaines venant en même temps de plusieurs côtés et se mêlant en dangereux remous.

Une fois de plus c'est, au bord de la mer, à la tombée du jour...

Lorsque Boris se réveilla, vers sept heures et demie, il se ressentait encore de ses maux de tête de la veille. Il resta couché puisque le médecin lui avait donné congé, mais il n'essaya pas de se rendormir. Devant ses yeux, le visage souriant à la petite barbe grise semblait attendre qu'on lui adressât la parole.

Il fallait faire quelque chose. Il fallait pénétrer dans l'intimité du roi, d'une façon ou d'une autre. Boris pensa d'abord à une place de valet de chambre ou de policier privé, ce n'était pas suffisant, ce n'était rien même auprès d'une amitié sincère. Cet aimable et brillant causeur semblait instruit, intelligent, et devait aussi posséder des qualités plus importantes. Malgré le rôle effacé qu'on lui laissait jouer dans l'Etat, il demeurait possible qu'il eût un souci profond des affaires publiques, et que, dans la solitude du Palais Blanc, il recherchât une solution véritable aux problèmes dont il paraissait s'occuper si peu. Peut-être avait-il trouvé des moyens honnêtes de régler certaines questions de gouvernement, auxquelles son entourage s'intéressait trop – et cela dans des intentions probablement moins pures – pour ne pas l'empêcher d'appliquer ses propres méthodes. Boris, à la droite de son prince, aurait étudié avec joie l'issue la plus heureuse à une crise qui, à première vue, n'en laissait guère espérer de bonne; il vaincrait, pour *lui*, la résistance des ministres...

Tout cela, hélas, était impossible. Pourquoi allait-il justement choisir ce personnage qu'un protocole compliqué et désuet retranchait du reste du monde? Le roi demeurait hors de sa sphère, de façon définitive. Mais n'était-ce pas le cas de tous les hommes importants qu'il désirerait atteindre? Enfin, il lui restait toujours l'assassinat : la mort était une relation sûre et en un sens décisive. Pour qui s'en occuperait sérieusement, il serait sans doute facile d'en venir à bout. L'action pourrait être quelque embuscade, en un lieu où l'on saurait que le roi passait seul. La police prenait peu de précautions réelles, puisqu'il n'y avait pas la moindre nécessité pour personne de hâter la fin d'un tel monarque les cordons de gardes qui l'entouraient au palais, ou dans ses sorties officielles, servaient plus au décorum qu'à la sécurité, les soldats chamarrés étant une survivance de l'ancien temps au même titre que les fossés du château. Au cours d'une de ses promenades privées, on aurait tout le loisir de l'approcher; mais l'ennui, dans ce cas, résidait en la quasi-impossibilité de rien préparer à l'avance.

Le mieux restait donc d'observer les à-côtés des cérémonies publiques dont les journaux parlaient en détail matin et soir : il était ainsi justifié de lire, systématiquement, toutes les informations concernant les projets de ce genre. L'occasion se présenterait d'elle-même.

Boris se leva, tout à fait calme maintenant : la résolution qu'il venait de prendre avait achevé de lui reposer l'esprit. Il descendit le plus tôt qu'il put, pour se procurer des matériaux de travail et passa la plus grande partie de la journée à les étudier.

Il parcourait les feuilles, le cœur ouvert, avec la sincérité qu'il aurait mise dans une visite au roi lui-même.

Cependant il ne fit aucune découverte intéressante, sinon l'inauguration d'une « Exposition des techniques nouvelles » qui devait avoir lieu le lendemain. Les précisions manquaient et, de toute façon, c'était trop proche pour qu'il puisse organiser quelque chose de raisonnable. Du reste, rien ne pressait.

Le soir, Boris se coucha de bonne heure, et, tranquille, s'endormit tout de suite.

... Tout retour en arrière devenu clairement impossible, le sable en pente douce de la grève apparaît enfin; les membres tremblants d'avoir échappé à cette violence, je gravis le chemin qui mène à la dune.

Il fait jour, le ciel est couvert, la lande est toute grise dans le petit matin. Sur un promontoire, à quelque cent ou deux cents mètres, se dresse une tour de pierre, carrée et crénelée, les fenêtres réduites à des meurtrières.

Je m'avance, inspectant ces lieux que je connais mal et qui ont pourtant un aspect rassurant.

Cette tour est certainement très ancienne; elle paraît en mauvais état. Maintenant, je me souviens en avoir une fois entendu parler : une vieille légende veut que, jadis, un homme solitaire l'ait habitée, vivant à l'écart, d'on ne sait quelles chimères.

Elle est vide à présent; seuls quelques corbeaux en peuplent les antiques salles, leur vol effarouché par mon approche s'élève vers le ciel à travers les voûtes écroulées.

Dans l'épaisseur même de la muraille extérieure monte l'escalier délabré qui conduit, en faisant plusieurs fois le tour de l'édifice, jusqu'à son sommet. Les marches en sont brisées, certaines ont complètement disparu; aussi, comme il fait très sombre dans ce tunnel, ne m'avancé-je qu'avec mille précautions. Par endroit, même, un pan de mur s'est abattu en travers du passage, rendant plus difficile encore l'ascension.

Cette montée dure beaucoup plus longtemps que je ne l'avais prévu. De place en place des paliers l'interrompent, garnis de portes en ogive laissant apercevoir des enfilades de couloirs et de chambres, plus vastes et plus nombreuses qu'on ne pouvait le supposer d'en bas; quelques-unes sont éclairées par les brèches de la paroi, dans les autres règne une obscurité humide et froide.

Je débouche à la fin sur ce qui reste d'un chemin

de ronde exigu, à demi détruit. La vue s'étend sur une région plate et sans attrait, la mer d'un côté, la terre de l'autre, aussi ternes et dépourvues de relief. Que suis-je donc venu faire ici?

Souvent déjà j'y suis monté, déçu toujours par le paysage morne qu'on en découvre. Aujourd'hui la brume est moins épaisse, on voit au loin des kilomètres de sable et de broussailles, rendus plus uniformes encore d'être contemplés de si haut.

Je descends l'escalier bien connu, dont les pierres branlantes ne cachent plus pour moi d'embûches. Ma tête est à la fois légère et vague comme après un trop bref repos suivant une longue insomnie.

Il est temps de rentrer au village : je dois ce matin commencer le labour de mon champ, la terre en est à point car il n'a pas plu depuis plusieurs jours. Il ne faut pas me mettre en retard.

La tour, vue de son pied, me semble maintenant beaucoup moins haute; c'est un faible vestige de l'immense construction placée là par la légende, un amas de pierres que l'on distingue mal des autres amas de pierres parsemant la lande. Les ronces l'ont envahi, et l'on reconnaît avec peine, en se penchant, un fragment de pilier ou quelque détail d'architecture encore plus incertain.

Je poursuis mon chemin le long de la mer, au milieu des entonnoirs et des amoncellements de roches, coupés seulement, par place, d'étendues sableuses permettant un moment de course...

Insensiblement, l'hiver s'efface. En apparence, le temps n'a pas beaucoup changé, mais nous sentons tous qu'une brume plus douce caresse plus tendrement les choses. Bien que le ciel reste couvert, une lumière plus chaude baigne la lande, où pointent déjà les pousses vertes aux rameaux flétris des buissons. Les saisons, les mois, les années passent vite. Comme aura été court cet hiver qui ne devait jamais finir!

Sur les galets en pente de la baie, nous avons tiré nos embarcations pour les préparer à reprendre la mer. Nous sommes occupés, Marc et moi, à boucher de notre mieux avec du suif mélangé d'étoupe les fentes qui se sont agrandies entre les lattes.

Nous prenons notre temps; nous calfatons chaque interstice avec un soin méticuleux, tout en économisant le plus possible la précieuse graisse.

A quelques pas de nous, Eric le blond change une planche avariée; plus loin, les autres aussi sont à l'ouvrage, chacun s'affairant autour de sa propre barque.

On respire, venant des labours, l'odeur de la terre fraîchement remuée qui, par moment, domine celle du goémon. Les aubépines, en haut de la grève, ont déjà leurs bourgeons éclatés; bientôt ce sera le printemps.

Marc, à mi-voix, fredonne une vieille chanson que tout le monde ici connaît :

Pour endormir la mer,
Chante
Chante, marin...

Les paroles n'ont pas grand sens; l'air est monotone et lent, comme d'une complainte; chacun le répète à sa guise, si bien que la mélodie se dissout dans une sorte de prière :

Chante, marin,
Les gemmes rouges
Garniront tes filets demain
Moins rouge est le chant du marin,
Moins forte est la main qui rame

Que le sable au bord des larmes,
Au sommeil profond de la mer.

Marc s'est arrêté de travailler; debout devant la barque, ses mains salies pendant à ses côtés, il contemple les petits cailloux arrondis qui roulent sous les vagues. Eric frappe à coups de marteau en s'encourageant de quelques jurons, puis il se redresse pour juger de son ouvrage.

... Moins forts sont tes chants et ta main
Que les rouges larmes amères...

J'aime entendre ces mots qui semblent, quoique ne voulant rien dire, cacher quelque mystère, quelque promesse...

Malgré l'attention que j'apporte à mon travail, j'ai l'impression que je pourrais faire mieux; je passe et je repasse sans trêve à la même place, sans me contenter tout à fait : je me dis que c'est bien suffisant pour empêcher l'eau de pénétrer, mais peut-on en être absolument sûr? Et puis, ce n'est pas une raison. Je me prends à rêver d'un beau bateau, tout d'une pièce, d'une matière dure et lisse qui n'aurait jamais de fente ni d'égratignure... Mais à quoi nous occuperions-nous?

Chante, marin,
Chante gaiement,
Enchante jusqu'au matin
Le sommeil profond de la mer.

Le jeudi, Boris était de retour au bureau, assis à sa place devant le fauteuil vide de Thomas. Il avait trouvé ses calculs de l'avant-veille dans un tel état inextricable qu'il devait tout recommencer, mais il n'avançait pas bien vite; à chaque ligne, il levait les yeux de sa feuille et regardait droit devant soi, sans rien voir.

Les vers d'une ancienne ballade lui revenaient sans cesse à la mémoire, avec des trous qu'il n'arrivait pas à combler et des mots qu'il disait tout de travers.

Le marin chante en forçant sur les rames, lourd est son cœur et rouges sont ses mains. Ce n'était pas cela, ni le rythme, ni les paroles. *Et il chante gaiement pour endormir la mort.*

Brusquement, une image apparaît : une plage de galets où sont au sec cinq ou six barques de pêche; des hommes s'affairent autour d'elles; l'un d'entre eux, un peu à l'écart, regarde la mer et chante...

Puis plus rien.

6

Tous les ans, vers cette époque, nos marais se peuplent d'insectes, pour la plupart de très petite taille et si légers, si diaphanes, inconsistants même, que l'on s'étonne qu'ils puissent vivre.

Ce ne sont que pattes longues et grêles supportant à grand-peine des corps translucides, qui pourtant ne doivent pas peser bien lourd, fines ailes membraneuses que le moindre souffle de vent chiffonne, antennes plumeuses à la merci du moindre choc, de la moindre goutte de pluie.

Ces insectes marquent chez nous, à défaut de signe plus appréciable, l'arrivée du printemps. On les rencontre par millions, formant des vols serrés qui tremblent sur place, ou bien recouvrant de leur poussière les jeunes feuilles des buissons.

Eclos dans nos marécages, ils s'étendent peu à peu à travers toute l'île. Le soir, lorsqu'une fenêtre reste ouverte, vous ne tardez pas à voir leur essaim envahir la chambre. D'abord, vous n'avez rien remarqué, tant chacun d'eux manifeste peu d'existence; toutefois, pour chasser quelques points devant les yeux, vous faites un geste de la main; tout disparaît. Mais aussitôt vous les retrouvez autour de vous en plus grand nombre, troublant déjà l'atmosphère, souillant l'huile de la lampe ou crépitant dans sa flamme. Vous agitez de nouveau la main, vous soufflez, vous soufflez plus fort; rien n'y fait : l'air s'épaissit, tant leur vol est compact, en ouvrant la bouche vous en avalez des centaines, à chaque inspiration ils pénètrent par milliers dans vos bronches.

Bientôt, il faut abandonner la lutte; inutile de fermer la fenêtre; c'est trop tard; la seule chance reste d'éteindre la lumière pour se réfugier au cœur de la nuit.

Dehors, leur voisinage est moins envahissant; ils n'arrivent pas, bien sûr, à entraver la marche. Cependant, il faut les redouter partout, car certains communiquent par leur piqûre mille fois renouvelée d'étranges maladies de langueur qui nous retiennent au lit, quelquefois, pendant toute la saison d'été. Comme ces piqûres ne sont pas douloureuses et que les êtres qui les font sont si peu remarquables, il est difficile, sinon impossible, de s'en préserver complètement, aussi sommes-nous toujours plus ou moins sous l'influence des fièvres qu'ils transportent.

D'autres parmi ces insectes ne quittent guère les étangs, au-dessus desquels ils forment comme un brouillard; d'autres sillonnent leur surface. Dans l'eau même on en trouve de plus gros, plus épais, plus colorés en même temps que plus répugnants d'apparence, larves brunâtres qui se traînent sur les plantes aquatiques, vers agiles changeant de forme à volonté, tantôt gonflés comme des outres et tantôt effilés comme des aiguilles, punaises lentes et dangereuses qui rampent dans la boue...

J'étais hier penché sur une mare, à chercher pour la pêche ces appâts dont les poissons se montrent si friands, quand j'ai entendu marcher derrière moi. Je ne me suis pas retourné, croyant que c'était quelque camarade, mais à côté de ma figure, dans l'eau noire, j'ai vu soudain briller les yeux sombres du Solitaire. Une araignée d'eau poussée par le vent est venue troubler un instant le miroir et, quand la surface en fut de nouveau claire, il avait disparu.

Je savais qu'il ne s'était pas éloigné; j'ai dit sans bouger de ma place : « Qui es-tu, toi qui suis ma trace devant moi, à travers les marais et les dunes? » Il n'a pas répondu tout de suite, puis, d'une voix sourde et pourtant vibrante :

« Je suis celui que le lever du jour annonce, celui que l'on attend le soir avant de s'endormir, je suis l'étoile qui guide dans la nuit le voyageur perdu; je suis le mouvement des vagues. Je suis dans le sang des brebis qu'on égorge, je suis la chair de la pomme et le tronc du pommier. Ici, je suis celui qui te regarde... »

Il a parlé encore, longtemps me semble-t-il, mais je ne comprenais pas tout ce qu'il disait, si bien que je n'en ai rien retenu. C'était un apaisement à la fois et un cri d'alarme, pareil au chant de la mer dans les rochers.

Comme je ne l'entendais plus, je me suis retourné : je n'ai vu personne.

L'air était doux, presque sans brume, un parfum délicat de menthe s'élevait du marais. J'avançais au milieu des tiges nouvelles, me baissant pour cueillir quelque feuille odorante et l'écraser entre mes doigts. Au-dessus de moi, dans le ciel, une alouette montait en criant.

Boris errait sur la terre molle où ses empreintes pénétraient profondément pour disparaître tout de suite après, tant le feutrage élastique du marécage reprenait vite sa forme primitive. Il cherchait à retrouver son parcours et sa rencontre de la veille.

Mais les touffes de menthe poivrée s'estompèrent, les mares cessèrent de refléter le ciel, la muraille grise du Magasin Huit s'encadra de nouveau dans la fenêtre.

La page de calculs s'étalait sur le bureau, hostile et sèche; une mouche attardée bourdonnait contre les carreaux.

Boris se leva, dans l'intention de la tuer. La baie était haute et large, la mouche passait de vitre en vitre, déjouant à chaque fois les gestes trop lents de son persécuteur. Finalement, elle décrivit avec bruit quelques cercles dans l'air, puis se posa sur le globe dépoli du plafonnier.

Boris fit quelques pas indécis et se mit à arracher, une à une, les feuilles périmées de l'éphéméride qui pendait au mur. On était vendredi. Mercredi 21, jeudi 22, vendredi 23 août, Saint-Barthélemy. Près d'une semaine que Thomas était absent. Lui-même n'avait rien fait pendant deux jours; le travail s'accumulait sur les tables.

A dire vrai, le patron ne paraissait pas très anxieux de connaître les résultats qu'il avait demandés : le contrôle statistique de la fabrication semblait le plus souvent être fait par routine, et le bureau qui s'en chargeait était un continuel sujet de plaisanteries pour les autres employés. Mais Boris et Thomas savaient bien que leur chef prenait par moment un intérêt si vif aux travaux que les opérations à la main lui semblaient trop lentes et qu'il parlait alors de faire effectuer par des machines compliquées le contrôle permanent de l'ensemble des pièces usinées. Il ne pouvait s'agir d'une boutade, car la chose se faisait déjà dans d'autres ateliers. Et puis, pendant de longues périodes, un tel désintérêt se faisait sentir envers leur ouvrage que les deux collègues étaient tentés de bâcler au hasard quelques résultats inventés, plutôt que de s'exténuer à poursuivre une tâche dont personne ne se souciait le moins du monde. Mais toujours des scrupules venaient les arrêter à temps sur cette voie : il n'était pas, au fond, tellement sûr que les nombres qu'ils élaboraient ne fussent pas pris en considération, en haut lieu. Et comme on pouvait affirmer que le travail aurait d'autant plus de sens qu'il porterait sur une plus grosse part de la fabrication, le mieux paraissait encore de le faire avancer le plus possible. Malgré tout, il y avait des jours de dépression où les calculateurs échangeaient des propos amers, estimant qu'on leur prodiguait en tout cas peu d'encouragement.

A la cantine, le bruit courut que le roi viendrait visiter l'usine pendant le mois de septembre. Boris, au cours de l'après-midi, rêvait à sa table que le cortège venait jusqu'au bout du couloir, entrait dans son bureau; on le présentait avec de discrètes paroles d'éloge et quelques mots sur l'utilité des calculs à lui confiés; le visage à la petite barbe souriait, félicitait de quelque phrase flatteuse, remettait peut-être une médaille, et s'en allait, ayant consacré les lieux.

C'était absurde, évidemment : le roi ne monterait même pas l'escalier des bureaux, probablement ne viendrait-il pas du tout à l'atelier Z; il était surtout question de lui faire admirer la nouvelle installation de montage vertical, qui se trouvait dans une autre partie de l'usine.

Boris reprit ses opérations. La grosse mouche bleue avait recommencé son manège contre les vitres.

Après le long cheminement, à travers les allées de l'usine, au milieu de la troupe des ouvriers et employés, Boris se retrouva dans la rue. Sur le point de s'agglomérer à la masse de ceux qui attendaient le tramway, il eut horreur tout à coup de cette cohue; après un premier mouvement de recul, il jugea sévèrement son impulsion et préféra rester. Puis, à la réflexion, il trouva sa nouvelle décision sans fondement ou tout au moins sans importance, voulut partir quand même, de nouveau rester, s'embrouilla dans cette lutte et finit par s'en aller parce que le tramway tardait à venir.

Sans se presser, il entreprit de suivre à pied le chemin pris par la voie ferrée : c'était le plus direct.

En passant devant une grande papeterie, il manœuvra un tourniquet de cartes postales et fut frappé par une photo de fleuve, dans une ville, avec un pont au milieu et quelques monuments dans le lointain. Boris se demanda ce qui pouvait avoir attiré son attention sur cette vue banale d'une ville étrangère, où il n'avait jamais mis les pieds : l'image ne présentait aucun intérêt, artistique ou autre, et par-dessus le marché était plutôt floue. En la regardant mieux, il remarqua que l'appareil semblait avoir été mis au point non pas sur le pont – alors que celui-ci constituait le sujet de la photographie, comme le confirmait la légende – mais sur un premier plan de pavés; le reste demeurant dans le vague, les pavés qui formaient la chaussée du quai, au bas de l'image, se détachaient avec une netteté extraordinaire et semblaient mouillés de pluie tant ils étaient lumineux. Pourtant, il faisait parfaitement beau.

Boris pénétra dans la boutique, la carte à la main; le carillon de la porte fit entendre un bruit clair.

Il n'y avait personne à l'intérieur, ni vendeur ni client. Tout autour, le long des murs et jusqu'au plafond, des tiroirs et des casiers remplis d'objets divers auraient sans doute pu satisfaire les demandes les plus excentriques. Boris fut pris d'une inspiration et quand un homme âgé, vêtu d'une blouse grise, entra par la porte du fond, il lui demanda le plus naturellement qu'il put s'il avait des photographies du souverain. L'autre eut une moue d'étonnement, témoignant que l'article n'était pas de vente courante, réfléchit une minute et, sans rien dire, disparut dans l'arrière-boutique.

L'idée que le marchand était allé téléphoner à la police traversa le cerveau de Boris, qui fut tenté de prendre la fuite; il se persuada difficilement que c'était stupide. Pour penser à autre chose, il se remit à observer les pavés luisants le long du quai.

Le bonhomme revint avec un rouleau et lui demanda pour quel usage il désirait ce portrait. Pris au dépourvu, Boris bredouilla quelques paroles inintelligibles. L'autre, devant son trouble, s'excusa : il voulait dire qu'il n'avait plus de format carte postale ni de grandes reproductions, mais simplement une photographie en couleurs, pas très bonne et de petite taille – trente centimètres sur vingt environ – qu'il déballa en effet. C'était du papier glacé très ordinaire, orné de couleurs désastreuses dans les mauves et les rouges vineux; le visage lui-même avait une curieuse teinte lilas, la barbe était lie-de-vin. Mais le sourire malicieux paraissait bon à première vue, quoique un peu figé, et les yeux bien vivants. Dans le bas du cliché, en très petits caractères bleus, on lisait le mot « Exécution » suivi d'une étoile.

« Ça ira. Je le prends », dit Boris. Il paya la carte postale et le portrait, roula celui-ci, fourra celle-là dans sa poche et sortit. Les clochettes de la porte tintèrent gaiement dans son dos.

« Ça ira. Je le prends.

– La carte postale aussi, monsieur?

– Oui. Combien vous dois-je? »

Malgré les efforts qu'il faisait pour passer outre, Boris n'arrivait plus à se décrocher des quelques paroles banales échangées avec le vendeur. Il les repassait en détail, depuis près de cinq minutes qu'il avait quitté la boutique, reprenant automatiquement au début dès qu'il arrivait à la fin, comme si le disque s'en était enrayé dans sa tête.

« La carte postale aussi, monsieur? »

Encore un coup d'œil aux pavés brillants qui se gonflaient de sève sur le bord du quai.

« Oui. Combien vous dois-je? »

La recherche des billets dans son portefeuille, puis de la monnaie que le petit vieux mettait un temps fou à découvrir dans sa caisse... C'était au moins la dixième fois que la scène se déroulait, tout à fait impropre, eût-il semblé cependant, à retenir son attention ne fût-ce qu'une seconde. Irrémédiablement, quand les clochettes finales se faisaient entendre, il se retrouvait sur le seuil de la papeterie poussiéreuse aux casiers innombrables et tout recommençait.

« Bonjour, monsieur. Vendez-vous des photographies du roi? »

Le regard étonné du bonhomme en blouse grise...

Boris essaya de fixer son attention sur la devanture des boutiques; mais, devant les livres du libraire, la boule verte du pharmacien, les bibelots de l'antiquaire, le défilé exaspérant se poursuivit.

Quand brusquement la scène se fixa sur le petit signe qui suivait le mot « Exécution ». L'étoile bleue occupait maintenant toute la place dans le cerveau, non comme une chose très importante qui s'impose tout à coup, et dont la découverte éblouissante accapare les facultés, mais plutôt comme un écran intercepte la lumière.

Boris accusa cette abrutissante vie de bureau. Peut-être valait-il mieux cesser ce travail inepte, pour essayer autre chose? C'était bien aléatoire; déjà il entrevoyait une longue enfilade de rues où ses pas résonnaient, solitaires...

Néanmoins, quand il arriva chez lui, sa décision était prise : il ne retournerait pas à l'usine.

Je pousse la porte, l'homme à la tour est là qui m'attend.

La coutume, ici, veut que personne ne ferme à clé sa maison et que chacun puisse entrer partout; malgré cette facilité, nous ne pénétrons jamais chez les autres : nous n'avons rien à y faire.

Malus est assis sur un tabouret près de la fenêtre, le regard fixé sur le bout de plage qu'on aperçoit.

« Bonjour, dit-il, comme s'il m'accueillait dans sa propre demeure, et d'une voix plus basse : Grande marée, ce soir.

– Bien sûr, dis-je, tout le monde sait cela.

Je n'ai pas quitté la porte.

« Demain, reprend-il, paraissant se parler à lui-même, nous ramasserons en haut de la grève, sur la dernière ligne de goémon, les débris arrachés à un monde que nous ne verrons jamais, morceaux de bois très dur sculptés dans un but inconnu, fragments d'ustensiles aux courbes contournées, pièces rongées par le sel de machines ou de bijoux.

« Demain, nous trouverons sur le sable, entre les oursins brisés et les grandes coquilles de nacre, des tiges, des grains, des écorces : cette nuit, la marée laissera le long de nos côtes ce butin inutile pris au rivage de la terre...

– Que veux-tu dire? Notre île n'est-elle pas aussi de la terre?

– Non. La terre est plus belle, tu le sais bien. Il y a là-bas du soleil et des fleurs; à l'ombre des arbres, on entend le chant des cigales... »

Je l'interromps : « Comment sais-tu cela? » Mais il ne répond pas à ma question et reprend :

« Au milieu de la nuit, quand tu te réveilles dans ton lit solitaire, tu cherches à tâtons une chair tiède et docile sur qui refermer les bras; mais tes mains ne rencontrent que le mur froid et rude, et ton corps qui s'étire cherche en vain à remplir la place de deux corps. C'est le triste sort des hommes de notre île de vivre sans compagne. Cet air songeur, cette inquiétude qu'on voit sur leur visage sont les stigmates du célibat.

« Demain la mer aura déposé sur nos plages les anneaux d'or trop étroits pour qu'aucun doigt d'ici ne puisse s'y glisser; dans les algues encore humides brilleront de merveilleuses parures. Personne ne se baissera pour les prendre : pour nous, ces joyaux ne représentent aucune richesse; à qui donc en ferions-nous présent? la plupart des hommes du village ne les voient pas; même à toi qu'il frappera, cet éclat paraîtra précaire : il se ternira vite, à mesure que sécheront les pierres, et les trésors amassés ne seront plus le soir qu'un amas de petits cailloux gris. »

Boris regarda la photographie qu'il venait de fixer au mur à l'aide de quatre punaises. Une des couleurs était légèrement décalée par rapport aux autres, donnant ainsi à toute l'image une sorte de tremblé d'arc-en-ciel. La figure en devenait plus vivante, on remarquait mieux cet air de bonté, ou plutôt de malice bienveillante et familière. Boris se rappela qu'il avait lu le matin un récit des jeux inventés par le roi pour amuser son plus jeune fils, remplaçant de son mieux la tendresse maternelle absente.

La barbe, par contre, avait l'air faux, comme rajoutée après coup; d'ailleurs le roi la portait plus longue depuis la mort de sa femme.

Boris regrettait de n'être pas allé à cette exposition, pour l'apercevoir d'abord, par amitié; il ne savait même pas s'il l'aurait reconnu parmi la foule des officiels; ensuite, c'était intéressant de voir comment se déroulait ce genre de cérémonie, et quelle était exactement la faculté que l'on y avait d'approcher le cortège.

L'homme regardait Boris en souriant comme s'il devinait ses pensées. Il semblait que son expression ironique se fût accentuée : dans la boutique, le visage était plus fermé, plus conventionnel. Peut-être était-ce dû au bord blanc qu'il avait découpé (avec la petite étoile), ou bien à l'éclairage différent? Il verrait cela au jour.

Boris se recula, alla s'asseoir sur le lit, bien en face du portrait; le regard, à présent, fixait le mur derrière lui, ou quelque chose de plus lointain encore. Le sourire se figeait, ressemblait plutôt à une grimace, telle qu'en ferait celui qui découvre tout à coup le canon d'une arme à feu braqué dans sa direction.

Sans quitter la photographie des yeux, Boris se

déshabilla et se coucha après avoir éteint la lampe du plafond. Le visage accentua son rictus, en même temps les prunelles se mirent à briller d'un éclat insupportable, sûres d'emporter avec elles dans la tombe une vérité que plus personne ne pourrait connaître... Boris détourna la tête.

Alors une espèce de rire se fit entendre, secouant l'air de la chambre comme une armée investit une place. L'image grandissait dans la pénombre, les yeux brûlaient comme des phares, la bouche s'entrouvrait pour parler...

Boris se leva le plus calmement qu'il put, alla examiner de près l'image, caressa des doigts sa surface; elle était lisse, bien glacée. La punaise d'en bas à droite n'était pas exactement dans l'angle. Il l'enleva avec précaution, la déplaça vers la gauche, un peu... un peu encore... puis subitement de plusieurs centimètres, et l'enfonça d'un coup dans le veston d'apparat, au milieu des rubans et des médailles, approximativement à la place du cœur.

Ensuite il éteignit la lampe de chevet et se glissa dans les draps, la tête vers le mur.

7

Hier soir Malus est venu, qui m'a de nouveau parlé de la terre. D'où tient-il ces choses? Sans doute n'y est-il pas allé lui-même, car comment penser qu'une fois là-bas on n'y soit pas resté? Il était tard, déjà, quand j'ai entendu frapper à la porte de derrière, celle qui donne sur le chemin de la côte. J'ai ouvert, ses yeux étaient clairs dans la nuit comme ceux des rapaces, tout en lui semblait se consumer d'une flamme inconnue chez nous.

Il n'a rien dit en entrant, mais il paraissait contenir une exaltation si puissante qu'à ce moment j'eusse préféré qu'il ne fût pas descendu jusqu'ici; cependant je ne pouvais plus ne pas souhaiter le retenir. Il s'est assis près de la cheminée, où quelques pommes de terre achevaient de cuire dans la braise. Nous les avons mangées ensemble avec du poisson séché, sans prononcer une parole. Puis, tourné vers le feu où nous avions remis des bûches, il a parlé de sa voix sourde et monotone, qui s'enflait par instant de chaleurs soudaines.

« A terre, disait-il, si loin dans les terres qu'on ne sent plus les odeurs de varech mêlées au vent du crépuscule, il y a des forêts dont les fûts, rapprochés comme une armée en marche, se perdent dans les nuages et l'azur, des forêts couvrant des contrées si vastes que celui qui s'y égare ne peut plus jamais en sortir. Mais des clairières toutes tapissées d'herbe neuve permettent au voyageur perdu d'apercevoir de temps en temps le ciel. Regarde! Au pied des troncs larges comme des tours poussent les fleurs aux couleurs éclatantes, les papillons pourprés viennent en éventail y chercher le sucre parfumé dont ils se saoulent; là-haut, dans le bruissant feuillage, étincellent des oiseaux d'or, qui chantent à s'en rendre fous la plus grande gloire du monde.

« Entends-tu le cri des oiseaux? Entends-tu les rires de leurs jeux et le fracas de leur délire? »

Mais je n'entendais que les craquements et les sifflets du bois trop vert.

« A terre, disait-il, si loin dans les terres qu'on ne voit plus ni goéland ni mouette, il y a des villes dont les maisons vertigineuses et serrées se dressent en faisceaux géants, des villes immenses où, pendant des jours, des semaines, on bute sur la pierre ou l'acier. Mais parmi les prismes de verre et de béton jaillit l'arbre de lumière. Regarde! Entre des murs de cent étages coulent les rues incandescentes, des millions de passants les sillonnent, se hâtant vers les travaux qui les appellent; à peine ont-ils le temps de jeter un regard aux autels où se trouve offerte la plus grande splendeur du monde.

« Vois-tu le foisonnement des diamants répandus? Vois-tu l'ambre qui brûle et les fruits mûrs dans les corbeilles?

Mais je ne voyais toujours que la cendre et le bois noirci du foyer.

« Là-bas, dit-il encore, si loin dans l'intérieur qu'on n'entend plus le bruit des vagues, brille l'amour des hommes... »

Alors, les charbons rougis s'organisèrent en continents avec leurs plaines, où mûrissaient les moissons et vergers de la terre, les rivières coulaient, le chant des oiseaux jaillissait des fontaines. Dans les flammes du bûcher s'éleva soudain l'hymne strident des trompettes.

Oui, je sens les fleurs, j'entends les rires, je vois les villes, je hume l'eau des fleuves. Je vois le sang et je te crois, car tu es le fou de ce royaume. Sous ta parole une flotte de guerre s'avance, labourant de son étrave les lagunes et les broussailles, sculptant les vallées et les collines, tandis que, derrière elle, le jeune blé germé dans son sillage couvre de son vert frissonnement, jusqu'à l'horizon, le miroir des jours.

Pourtant, au cœur même de la capitale, il fait nuit. Les fronts soucieux se lèvent, attendant le retour du soleil, il fait nuit depuis un temps beaucoup trop long.

A tous les carrefours de la forêt, les signaux lumineux sont bloqués sur le rouge; sans repos, la circulation roule dans tous les sens, rythmée par des coups sourds, ininterrompus, qui ressemblent au tam-tam. Des sifflements stridents fêlent les corps, transpercent poumons et crânes. Un rat pris au piège renifle tout à coup la peur, comme d'un mirador au milieu des fils barbelés, mais la patte inquiète qu'il veut passer sur son museau ne sent plus rien sous elle, il n'a plus d'yeux pour voir sa tête sectionnée qui le regarde à quelques mètres, étonnée du corps qui l'a si longtemps soutenue.

Au cœur de la capitale, une brusque tornade abat d'un seul souffle quelques pans de murailles, et, sur les gravats frais, le flot s'écoule, emportant tout à la dérive. De la dernière plate-forme du plus haut gratte-ciel, je contemple les épaves qui s'affolent dans le courant de boue. Je suis un vieux vautour que ses ailes ne peuvent plus porter; et je reste immobile, la tête penchée, à fixer tout en bas un point dans la foule, un point vide qui passe et qui est moi.

Malus est toujours là, dans la chambre, endormi de fatigue sur sa chaise; son cerveau a grossi considérablement et occupe maintenant presque toute la pièce; le feu est mort, le peu d'air qui subsiste encore est devenu irrespirable. Dans l'obscurité zébrée de lueurs blanches, on entend de lointaines clameurs avec des mots nettement articulés, mais dont le sens échappe. Au milieu de visages familiers, nous sommes embarqués, mon vautour sur l'épaule, Malus portant sa tête sous son bras, sans gouvernail ni boussole, sur des eaux dont il n'existe pas de carte. A bord flotte le drapeau noir.

Nous voguons lentement à travers la ville détruite, où les incendies allumés par l'orage se sont éteints d'eux-mêmes. Sur notre droite et notre gauche défilent des terres calcinées couvertes de ferrailles tordues. Le paysage est sans surprise, aussi nous allongeons-nous sur le pont, pour y chercher un sommeil sans rêve.

Au réveil, je suis seul sur toute la surface de la mer, dans la lumière menacée des jours d'éclipse. Combien de temps ai-je dormi? L'eau et le ciel, également uniformes et figés par l'attente, écrasent de tout leur poids mon embarcation; il m'est impossible d'avancer, ou seulement d'imaginer une direction à prendre. Je ne sais pas le nombre d'heures, d'années peut-être, pendant lesquelles je suis demeuré ainsi, sans faire un mouvement, dans l'espoir d'une brise.

De grands glaçons plats flottent par places, ternes et lourds, oubliés là par quelque courant descendu des banquises et découragé soudain, semblable à ces oiseaux blancs dont nous retrouvons parfois les cadavres, qui meurent d'ennui avant d'avoir pu parvenir au terme de leur course.

Je n'ai pas emporté de provisions pour le voyage, aussi ma faiblesse devient-elle vite extrême; mais, sans appétit, je ne souffre pas de la faim, et, pour la soif, l'eau fade qui me porte est somme toute buvable.

Mes compagnons de route se sont probablement réveillés bien avant moi et, pris par le désœuvrement, ont glissé doucement, sans bruit, sans regret, sans y penser même, par-dessus bord.

Dans la demi-somnolence, on abandonne un bras qu'on laisse mollement flotter dans l'eau tiède, lente, offerte; gagné par cette langueur peu à peu, le corps passe insensiblement de l'air respirable au liquide de mort. On est dedans déjà, une main seule tient encore la barque, l'eau monte jusqu'à la bouche qui d'elle-même s'entrouvre, pour esquisser avant de disparaître un faible sourire. Le bras s'est détaché; il est peut-être encore temps de réagir. A quoi bon? L'eau entre par les narines, déjà les bronches s'emplissent.

C'est ainsi qu'ont disparu, un à un, mes amis ensommeillés; le dernier regard qu'ils ont adressé à ceux que retenait encore le navire fut sans doute un regard d'appel : non pas d'appel au secours, mais d'invitation vers la béatitude.

J'ai dû dormir aussi, un moment, malgré moi : quand je reprends conscience, je m'aperçois que le clapotis est devenu plus fort; en inspectant les alentours je vois que nous approchons d'une côte, une côte basse qui se distingue encore à peine de la ligne d'horizon.

Bientôt, la terre se précise : ce qui n'était d'abord qu'une brume plus dense, au ras de l'eau, laisse voir à présent un liséré clair de sable et, au-dessus, une raie verte. Sur la droite, un groupe de maisons se détache; puis un relèvement du sol, comme une falaise qui s'amorcerait là. Ce doit être un cap avancé, ou bien peut-être une île.

A proximité passe une planchette dont je m'empare aussitôt pour en faire une rame et avancer plus vite.

Oui, cette terre est une île, je la reconnais : c'est celle où j'ai passé toute ma vie, ce sable est celui de la grande baie, ces quelques maisons sont celles de notre village. Je m'approche à coups de rames vigoureux.

Maur et Marc ne m'ont pas accompagné ce matin. Tout seul, je n'ai pas pu pêcher grand-chose.

Cette nuit-là, Boris dormit mal; vers le matin, il eut un cauchemar. Il se rendait au bureau en compagnie de Thomas, mais c'était à la campagne, au milieu de prés et de champs. A mesure qu'ils avançaient, le pays devenait plus triste et finissait par n'être plus qu'une lande, sans arbre ni culture. Thomas racontait « son accident », avec toutes sortes de détails oiseux, de circonstances trop précises, qui paraissaient mal inventées tant elles étaient nombreuses et vaines. Il ne pouvait, vraisemblablement, avoir conservé un souvenir aussi net des quelques minutes qui avaient précédé le choc. Il devait imaginer au fur et à mesure cette histoire, qui apparemment le passionnait. Il continuait d'ailleurs, sans se troubler, à narrer ce qui s'était passé pendant et après la collision, alors qu'il y avait perdu connaissance.

Comme Boris ne répondait pas, l'autre finissait par se taire; ils passaient à ce moment devant un enclos isolé où étaient enfermés des chevaux, quatre chevaux rouges, raides sur leurs pattes; la tête dressée dans une attitude anxieuse, ils semblaient craindre de se laisser surprendre par un événement grave dont l'imminence ne faisait pas de doute.

Tous les deux pressèrent le pas. Ils rencontrèrent ensuite un fermier qui leur demanda s'ils avaient vu les chevaux. Ils répondirent qu'ils les avaient vus, Thomas ajouta naïvement que peut-être il valait mieux « tout leur expliquer ». « Leur expliquer tout quoi? dit le paysan d'un ton rogue, il n'y a rien à leur expliquer. »

Ils entrèrent dans un village où régnait une agitation fiévreuse : des hommes et des femmes s'affairaient autour des maisons, rentrant en hâte les enfants, fermant les fenêtres, barricadant les volets et les portes du mieux qu'ils pouvaient. Boris voulut demander la cause de ce tumulte, mais ils ne trouvaient devant eux que des visages hostiles qui ne paraissaient nullement disposés à engager une conversation. Quelqu'un leur dit pourtant au passage : « Vous feriez mieux de vous mettre à l'abri : les chevaux arrivent. » Sans leur laisser le temps de répondre, l'homme repoussa ensuite son portail; on l'entendit tourner des clés à l'intérieur et tirer des verrous pesants.

Boris marcha plus vite; il percevait déjà un rythme de galop qui se rapprochait.

Au groupe de fermes suivant, qui n'était pas très éloigné, toutes les portes étaient closes et les contrevents cadenassés. Une clameur se précisait, montant de derrière les murs; tout à coup, une voix cria très distinctement, près de lui : « Les voilà! », puis poussa un hurlement, comme une personne frappée à mort. Boris regarda Thomas : à sa place, un être difforme, avec deux jambes grêles et une tête de cheval, souriait de toutes ses dents, en dilatant les narines. Boris allait s'enfuir, quand la bête ouvrit la bouche et se mit à hennir de façon atroce.

Il se réveilla tout en sueur, se retourna dans son lit et se rendormit aussitôt.

De ce côté de l'île s'étend, depuis notre village jusqu'à la pointe nord, une falaise escarpée, dominant la mer d'une centaine de mètres par endroit. Quelques rares échancrures l'interrompent, ménageant cinq ou six petites criques sableuses; tout le reste n'est qu'un rempart abrupt de granit et de schiste, frangé des roches gigantesques aux contours déchiquetés que les tempêtes d'hiver ont arrachées au rivage.

Un vent violent souffle toujours sur cette côte.

Même en été, la mer y est constamment agitée; elle déferle avec furie contre les récifs avancés, rebondissant en panache et formant des nappes d'écume mouvantes, tout en gardant encore assez d'élan pour venir frapper le front même de la falaise, usant peu à peu sa paroi, pénétrant dans ses anfractuosités, grondant et rejaillissant de façon imprévue.

C'est ainsi qu'elle a creusé un système compliqué de tunnels et de grottes qui minent la côte en profondeur; aussi le promeneur hésite-t-il à s'aventurer trop au bord, risquant par son seul poids de faire s'écrouler tout un quartier de roc. A vrai dire, les accidents de ce genre ne sont guère fréquents, si bien que nous oublions souvent le danger.

Je suis assis, à côté de Malus, sur un terre-plein herbeux qui surplombe de très haut le déchaînement des vagues. Nous suivons des yeux leur arrivée puis leur retraite, et les remous inattendus dans les bassins clos entre les rochers. Une mousse blonde ou roussâtre se rassemble au cœur des tourbillons et s'envole en flocons dans le vent. Nous nous taisons : au milieu du vacarme des éléments, il est presque impossible de se faire entendre. Le norois, d'ailleurs, est si fort qu'il engourdit le visage et les sens, paralyse les lèvres, fait pleurer les yeux, rétrécit le front, fige la pensée.

Mais mon compagnon se met à prononcer des mots, dans les sautes de la tempête; et c'est comme si le désordre autour de nous s'apaisait, tant ses paroles se glissent à l'aise dans les mouvements du vent et des vagues.

Il parle du soleil, de l'été qui vient; les mouettes attentives se balancent dans ses phrases. Il parle des moissonneurs, et le chant soudain des criquets se mêle à sa voix. Il parle de pêches miraculeuses et des troupeaux à toisons d'or : à travers les prairies en fleurs s'élève alors le chant des pâtres.

Il dit la chaleur des après-midi et le repos sous les figuiers, la soif et l'eau fraîche des sources...

Le vent redouble de violence, la mer heurte à coups de boutoir le mur de la falaise. Je suis seul face à l'océan, c'est sa clameur qui ravit mes oreilles, c'est l'ouragan qui me jette au visage ses embruns brûlants.

Il dit les calmes vallées fertiles et les fêtes champêtres : les soirs de vendange, on boit le vin nouveau qui coule du pressoir, puis l'on s'endort, ivre au couchant, dans les bras blancs des lavandières.

« Bientôt, sur la mer scintillante, paraîtront les vaisseaux de juillet. Majestueusement, ils s'en viendront mouiller à l'abri de nos digues; nos ports grouilleront d'hommes de couleur aux langues chantantes qui débarqueront ici leurs cargaisons; ballots d'étoffes précieuses, jarres d'huile, paniers de fruits et d'épices encombreront les quais, tandis que mille cris joyeux peupleront jusqu'aux moindres ruelles.

« L'été revient et les longues journées et les nuits chaudes; c'est déjà la saison des glaïeuls; bientôt renaîtront les sirènes.

« Sur les plages torrides, au creux des rochers, nous trouverons les jeunes femmes aux écailles dorées, à la nage rapide et souple, à la chevelure d'algues onduleuses.

« Elles sont filles de l'écume, nées du soleil à la crête des vagues et leur rire, qui ne cesse jamais, endort les plus grandes peines. Avec elles, nous danserons des rondes sur le sable, nous parerons leur corps des colliers en pétales de nacre et des robes en laminaire que nous aurons confectionnés pour elles, puis nous irons nous reposer parmi les dunes, et nous refermerons nos mains sur les collines et les buissons du ciel.

« Ta jeunesse, dit-il encore, juge mes paroles déraisonnables; pourtant déjà tes yeux, jadis fixés sur l'horizon, s'abaissent pour regarder plus près de toi, ton pas se fait plus court, s'accordant d'avance sur un autre, ton bras s'arrondit autour d'une taille, ta bouche s'adoucit; déjà tu attends celle qui vient pour toi, ton amante au goût de sel... »

Le mauvais temps chez nous est de courte durée, nous oublions bien vite la tristesse des mois d'hiver.

8

Dès le début septembre, la situation se précisa. Après avoir essayé à plusieurs reprises les habituels compromis, le roi, devant la mauvaise volonté de l'Eglise, avait en désespoir de cause constitué son ministère sans celle-ci. Mais cette tentative à son tour échoua, par suite de l'abstention de l'un des autres groupes; il fallait donc en passer par les exigences du « parti le plus fort ». L'Eglise, si elle ne voulait pas faire de scandale, tenait néanmoins à occuper dès le début les principaux leviers de commande : on lui laissa donc l'Intérieur, les Travaux publics et l'Information, ainsi que quelques postes secondaires. Elle se rendait compte que des revendications plus étendues eussent risqué de déclencher une coalition de ses différents ennemis.

L'opinion publique, et c'est là surtout que se manifestait un changement réel, s'intéressait dans une certaine mesure à ces manœuvres. On notait, comme l'avait prédit Laura, une sorte de mouvement populaire et, malgré les méthodes employées – qui étaient pour le moins discutables –, un premier élan semblait bel et bien donné.

L'Action publiait chaque jour une édition spéciale, ornée de photographies en couleurs dont la nouveauté attirait. Le samedi après-midi et le dimanche, le Parti avait offert à ses électeurs des manifestations sportives et des représentations de music-hall à grand spectacle, pour fêter son succès, disait-il. L'entrée était gratuite pour tout le monde, une foule immense s'y était précipitée. De temps en temps, quand la salle était bien échauffée, un haut-parleur annonçait les dernières nouvelles politiques, comme si elles avaient été le principal souci des spectateurs; ceux-ci pensaient alors qu'il fallait vraiment que ces informations les passionnassent au plus haut point, pour que l'on prît la peine de les leur communiquer au beau milieu de leur plaisir. Les plus froids et les plus réfléchis eux-mêmes ne résistaient qu'avec peine, hésitant chaque fois à ne pas trouver bonne une nouvelle proclamée avec tant de chaleur par tel boxeur en renom ou tel champion de course cycliste.

Dans la soirée du dimanche, de grandes réjouissances eurent lieu, en l'honneur du gouvernement enfin constitué : défilés, bals et feux d'artifice.

Boris, qui était resté toute cette journée enfermé dans sa chambre, lisait ces nouvelles le lundi suivant. En dépit de la décision prise le vendredi, il était retourné le lendemain à l'usine, par habitude, et ce lundi-là également; il s'en voulait de cette faiblesse, se reprochant d'avoir trop peu de suite dans les idées et se rendant responsable, on ne sait pourquoi, des triomphes de foire remportés par l'Eglise.

Il était de mauvaise humeur. Dans la matinée, il avait rencontré le Solitaire errant sur la falaise, mais n'en avait obtenu que des paroles vagues et réticentes. L'autre ne paraissait pas se souvenir très bien de ses déclarations enflammées de la veille : quand on lui demandait des explications, il disait qu'il avait sans doute eu la fièvre, allant même jusqu'à parler d'accès de paludisme. Boris avait aussi voulu savoir pourquoi il n'habitait pas au village, comme tout le monde; cette question avait paru l'étonner sincèrement : il avait répondu qu'il ne savait pas qu'il y eût un village, qu'autrement il y aurait sûrement vécu, car sa tour n'était guère confortable et la proximité immédiate de la mer y devenait à la longue irritante. Oui, bien entendu, il la regardait toujours : il était bien forcé, puisqu'il n'y avait rien d'autre à voir.

Boris, agacé, ne sachant plus à quoi s'en tenir, avait fini par demander si les sirènes arriveraient bientôt. Mais, là encore, il n'avait reçu que des protestations confuses : il n'y avait pas de sirènes, personne ne croyait à ces contes d'enfants. Quelqu'un pouvait-il dire en avoir jamais aperçu une seule?

Ils s'étaient séparés, mécontents l'un de l'autre.

Bien que le réveil n'eût pas sonné, Boris émergea du sommeil à l'heure habituelle. Il étendit le bras vers la table de nuit et tourna le gros cadran rond dans l'autre sens, de manière à ne plus le voir. Le tic-tac se mit à faire plus de bruit que jamais.

Boris essaya de ne plus l'entendre en enfouissant la tête sous les couvertures, une oreille collée contre l'oreiller, l'autre soigneusement bouchée par le drap. Rien n'y faisait. De guerre lasse, il s'assit dans son lit, s'empara du réveil et, après l'avoir considéré un bon moment, en dévissa le dos avec la lime à ongles qui se trouvait à portée de sa main. Les petites roues tournaient bien sagement, toutes ensemble quoique à des vitesses différentes; un léger vertige empêchait le regard de s'en détacher.

Au bout d'un certain temps, Boris sentit le froid sur ses épaules; alors il introduisit délicatement la lime dans les engrenages et bloqua le balancier, puis il reposa le tout sur la table. Mais le sommeil ne revint pas.

Il se leva donc et enleva machinalement la lime, dont la position n'était pas conforme à l'idée qu'il se faisait de l'ordre. Le tic-tac reprit son battement régulier, les aiguilles de nouveau avancèrent. S'était-il écoulé une heure entière, ou seulement quelques minutes? C'était très gênant de ne pas le savoir et, pour comble d'ennui, la montre-bracelet accrochée à son clou s'était arrêtée sur minuit, car elle n'avait pas été remontée.

Boris s'habilla et sortit. En passant devant la loge, la concierge lui cria en guise de bonjour : « Eh bien, on n'est pas en avance aujourd'hui! » C'était vrai, en somme; il n'était pas en avance. Il ne sut pas quoi répondre et se dirigea tout naturellement vers la station du tramway, où il acheta son journal.

La réunion du conseil des ministres, le compte rendu de la séance à la Chambre, les buts de l'Eglise en dix points; Boris en avait assez de cette histoire, il tourna la page.

La communion solennelle du prince Jacques, avec le détail de la « grandiose cérémonie » projetée; sans aucun doute c'était encore une invention du Parti. La famille royale en week-end à la campagne; parmi les invités figurait une très forte proportion d'hommes de l'Eglise ou d'afféodés. Le roi paraissait décidément bien pressé de faire le jeu de ces aventuriers; il était peu probable qu'il participât sincèrement à leurs entreprises, aussi pouvait-on croire plutôt qu'il cédait par lâcheté. Il était déjà presque mort : on l'achèverait sans peine.

Le petit Jacques allait être orphelin, c'était bien triste, quoique en vérité on ne sût pas s'il aimait ou non son père; en tout cas, son avenir était assuré. Il était en effet sans espoir qu'un simple régicide amenât un bouleversement véritable, tel qu'une révolution, ne fût-ce que de palais. Même un changement de dynastie restait du domaine de la rêverie. Mais ce n'était pas une raison pour renoncer à l'acte qui n'en demeurait pas moins le seul moyen d'en finir.

« Le 18 septembre, le roi visitera une intéressante innovation que vient de réaliser l'Usine Générale... » C'était là que le crime aurait lieu. Boris réussit à fixer son attention sur l'article, qu'il lut d'un bout à l'autre à plusieurs reprises. Il connaissait parfaitement le nouvel atelier de montage et ses surprenantes installations. Le roi devait suivre la chaîne, donc emprunter un des ascenseurs de montée pour redescendre étage par étage. Or, le grand monte-charge mis à part, un seul de ces ascenseurs donnait sur le hall central du rez-de-chaussée; c'était donc celui-là que prendraient les officiels et, vu l'exiguïté de la cabine, ils le feraient un à un, le roi en tête.

Il suffisait donc d'attendre la victime au palier intermédiaire, dans les coulisses obscures du bâtiment, de l'arrêter au passage à l'aide du bouton de commande qui s'y trouvait et d'expédier la besogne. Ensuite on pourrait renvoyer le cadavre dans un sens ou dans l'autre...

Dans le grand escalier s'agite une foule intense; à

ce moment, c'est l'envers du décor. Ouvriers et ingénieurs se pressent, montant pour la réception jusqu'à la salle du haut, ou descendant après avoir apporté une dernière retouche aux estrades, à l'éclairage, aux banderoles de bienvenue. On reconnaît aussi des journalistes et des photographes munis de leurs appareils.

Au troisième étage prennent naissance plusieurs couloirs, dont le plus étroit est celui qui mène au but; il est désert et marqué « Sans issue » dès l'entrée. Boris s'y engage.

Passé le coude, on échappe complètement aux regards. La petite porte est là, dont chacun sait que toutes les clés ouvrent la serrure. Boris, comme les autres, s'est souvent amusé à la faire jouer lors des visites clandestines accomplies, pendant l'heure de midi, grâce à la complaisance du gardien. Cette fois encore il en vient à bout sans bruit, tire la porte avec précaution et se glisse dans l'obscurité. Personne n'a rien vu ni rien entendu.

Lorsque ses yeux se sont un peu habitués, il distingue vaguement le contour des objets qui l'entourent; une faible lueur vient de la cage de l'ascenseur à l'autre extrémité. Boris s'avance.

Ce couloir, dont l'existence n'a été prévue que pour des réparations éventuelles, est actuellement si encombré des matériaux les plus divers qu'on a peine à y circuler : des caisses de toutes dimensions sont empilées jusqu'au plafond, des paquets de tubes métalliques et de cornières jonchent le sol; tout ce qui aurait pu gêner le passage du cortège a dû être entassé là à la hâte, ce qui explique le désordre.

Boris arrive à la plate-forme rectangulaire, suspendue au milieu du squelette de poutrelles et de boulons qui soutiennent l'édifice; le côté opposé s'ouvre sur le vide, c'est là que va passer la cabine.

Il n'y a plus qu'à attendre : la première personne qui montera sera le roi. Autrement, tout est raté, c'est un risque à courir. Sur le tableau, les différents boutons sont facilement repérables dans la pénombre : celui qui arrête l'ascenseur et celui qui donne la lumière, pour que la victime voie bien son assassin.

Boris vient à peine de les reconnaître qu'il entend un déclic dans le bas, et le grésillement du moteur. Il était temps.

La cabine monte très lentement, avec un bruit assez désagréable rappelant la fraise du dentiste. Boris saisit dans la poche intérieure de sa veste le couteau de cuisine à lame très fine dont il s'est muni, enlève soigneusement la bande de papier qui l'enveloppe, remettant ensuite celle-ci dans sa poche extérieure. Déjà le plafond de la petite boîte apparaît au ras du palier.

Il se prépare; son cœur bat quand même un peu plus fort que d'ordinaire, il approche la main du bouton d'arrêt. Tout est en place, il appuie. La cabine s'immobilise instantanément, mais le bruit du moteur continue, ce qui est préférable. En même temps, la lampe s'est allumée et la porte à coulisse s'est ouverte : le visage souriant dans sa barbiche est là qui le regarde d'un air étonné.

Il faut aller vite. Boris frappe, puis retire l'arme vivement et reste stupéfié comme si lui-même venait de recevoir le choc... La lumière s'est éteinte, la porte s'est refermée avec un claquement sec, l'ascenseur a repris sa montée. Probablement a-t-il appuyé inconsciemment de l'autre main sur les commandes; dans la droite il tient toujours le couteau; sa lame est à peine tachée. Il l'enveloppe de nouveau dans le papier qu'il a retiré de sa poche, prenant bien soin de ne pas en laisser échapper de morceau pour ne pas abandonner sur place de « pièce à conviction ».

Ensuite il se dirige à tâtons vers le couloir de sortie, en se répétant à plusieurs reprises : « J'ai le temps, j'ai tout le temps. »

Je les entends, j'entends leur chant, si doux qu'on le confond d'abord avec le murmure du vent dans les hautes herbes de la dune. Elles ne sont pas encore là, mais dans deux ou trois jours, demain peut-être, je les verrai, toutes de chair vivante et chaude, occupées à sécher et peigner dans le grand soleil leurs cheveux emmêlés par l'hiver. On croit souvent que les sirènes sont des êtres monstrueux, ni filles ni poissons, qui possèdent une queue en guise de jambes. Ceux qui répètent cette fable ne les ont certes pas vues faire la course le long de la mer ou danser sur la grève, jambes agiles, taille mince, seins menus, cou fragile et longs cheveux d'argent.

Demain, nous les verrons sortir des plis de l'onde, lissant leurs cils et secouant en fines gouttelettes l'eau ruisselant de leurs épaules; quelques-unes d'entre elles s'amuseront encore à nager dans les vagues en riant de plaisir, pendant que d'autres commenceront une ronde gracieuse.

Alors, mêlant nos chants aux leurs, nous approcherons pas à pas du cercle magique, à leurs côtés nous danserons le jeu des figures rituelles, puis, couchés près d'elles dans le sable fin, nous leur apprendrons à parler le langage des hommes.

Boris, sans le vouloir, accélérait le pas. Trébuchant au milieu des planches et des tringles, il s'énervait dans cet obscur réduit qui paraissait au retour interminable. Enfin, il atteignit la petite porte qu'il n'avait pas refermée tout à fait; un peu de jour filtrait le long du cadre. Comme il n'entendait aucun bruit suspect de l'autre côté, il poussa le battant et se retrouva dans le couloir menant au grand escalier. Un regard rapide à ses mains, puis à ses vêtements : tout était en ordre et sans tache. Le corps ne devait pas encore être arrivé en haut; il n'avait pas besoin de se dépêcher.

Sa respiration étant redevenue normale, il franchit tranquillement le coude. La foule était moins dense, cependant son arrivée passa complètement inaperçue parmi les gens qui allaient et venaient dans les autres couloirs. Il se mit à descendre les marches.

Comme il arrivait au rez-de-chaussée, une rumeur se fit, venant des étages : quelque chose venait de se produire, mais il ne savait pas quoi. Autour de lui, des badauds se questionnaient mutuellement qui ne savaient pas non plus. Il se dégagea de l'attroupement qui grossissait de minute en minute devant la porte de l'immeuble et continua son chemin sur l'avenue.

Le journal donnait encore quelques détails concernant la future visite ainsi que différentes tournées que le souverain allait, disait-on, accomplir en province. Il se dépensait vraiment sans compter, lui qu'on voyait si peu d'ordinaire; l'Eglise le promenait adroitement de chantiers en messes solennelles, donnant ainsi d'une part un regain de popularité au monarque et d'autre part un caractère officiel à ses propres manifestations, la popularité de celui-ci rejaillissant en fin de compte sur celles-ci. C'était un pion, un simple pion dans la propagande du Parti; son aspect sympathique et « brave homme » servait de panneau publicitaire en même temps que de garantie.

Tout cela était conforme au plan dont avait parlé Laura : assimiler de plus en plus au gouvernement les affaires privées de l'Eglise.

De même, bien qu'aucune loi n'ait été votée au sujet des grands travaux et sans que la question ait seulement été soulevée à la Chambre, voyait-on la restauration de l'antique cathédrale de Retz, commencée depuis des années et menée avec la lenteur coutumière, passer subitement au rang d'entreprise nationale. Et l'on annonçait, comme de juste, que le roi en personne se rendrait prochainement sur les lieux.

On ne disait pas qu'une résolution quelconque vînt d'être prise dans ce sens : l'interminable discussion qui constituait le principal sujet de désaccord entre les groupes était tout bonnement escamotée, et ceux qui l'avaient mal suivie pouvaient penser de bonne foi que le projet de l'Eglise avait enfin triomphé des autres, puisque la réalisation en était déjà entamée. Toutes les suppositions étaient même permises quant à l'ancienneté du fait, car non seulement la réfection de la basilique était commencée depuis au moins trois ans, mais encore personne ne précisait qu'elle eût constitué le début des travaux.

Et, par-dessus le marché, le roi couvrait de sa présence cette scandaleuse confusion. Une telle volonté de brouiller les cartes allait mal, en tous cas, avec la prétendue intention de « faire appel aux gens sincères ». Curieuse sincérité qui tentait au départ de truquer le temps. Laura avait sans doute voulu dire : « appel aux gens crédules ». Le ministre des Travaux publics était du Parti, c'était suffisant : les autres fermaient les yeux et le sourire malin du roi donnait l'absolution.

Je longerai, à marée descendante, une de ces interminables grèves de la côte ouest où, pendant des lieues et des lieues, pas un seul rocher ne vient interrompre la monotonie de la bande sableuse qui s'étend à perte de vue, entre une dune rase, marquée de quelques rares buissons de tamaris, et la mer plus plate encore.

Suivant mon habitude, je marcherai, non loin de l'eau, à cet endroit où le sable encore humide est assez ferme sous les pas, regardant à mes pieds les petits cailloux orange ou roses qui le parsèment et ramassant de temps à autre les plus jolis pour les rejeter aussitôt, sans remords, car la plage en est couverte et ceux que l'on tient à la main perdent vite leur éclat.

Lassé de ce jeu, je lèverai les yeux pour voir si la pointe est encore très éloignée, sachant bien cependant que de l'autre côté s'allonge une autre grève toute semblable à celle-ci. Mais, devant moi, j'apercevrai la silhouette frêle, trop charmante pour être celle d'un homme de l'île, qui viendra le long du rivage à ma rencontre. Tranquillement, nous avancerons l'un vers l'autre, elle un peu plus bas que moi juste à la limite des vagues. Bientôt nous ne serons plus séparés que par cette distance de nos deux routes; elle s'arrêtera, contemplant l'eau qui creuse rapidement le sable sous ses talons.

A voix basse je dirai son nom : « Aimone... Aimone... » Puis, ayant franchi à pas comptés ces quelques mètres, je la serrerai doucement contre moi. Alors les derniers nuages s'enfuiront vers les quatre coins du ciel, la mer au loin retirera ses eaux et, de la dune enfin fleurie, descendront vers nous les parfums entremêlés des œillets et des immortelles.

Je prendrai la main de mon amie, ensemble nous

gravirons la pente sableuse et nous passerons la première ligne de chardons, derrière laquelle il s'en trouve une autre un peu plus haute, et par-derrière une troisième plus haute encore. Mais, au delà de la troisième dune, à son tour franchie, nous entrerons dans la vallée heureuse, la vallée large et fertile qui étalera pour nous ses champs de luzerne et d'avoine.

Il fait chaud, l'air est plein du ronronnement des batteuses. Sous les pommiers, dans la poussière du chemin, les fruits tombés pourrissent en répandant un léger goût de cidre. Haies vives, murs blanchis à la chaux, toits de tuile; de ferme en ferme se répondent les coqs.

Au fond de la vallée, majestueux, coule un fleuve : c'est vers lui que nous descendons; amarrée près d'un ponton de bois nous attend une chaloupe, toute chargée d'un foin souple et odorant. Quand nous y montons, la corde qui l'attache se défait d'elle-même et nous filons emportés par le courant, sous le paisible regard des grandes vaches beiges.

De chaque côté passent, sur les rives, des peupliers dont les ombres s'allongent dans la prairie. Déjà le jour s'achève. Les collines qu'on apercevait tout à l'heure se sont écartées puis estompées dans le lointain.

Très vite le paysage a perdu sa gaieté, les maisons se sont espacées, les troupeaux se sont faits plus rares. Nous traversons maintenant une plaine grise, presque inculte et dépourvue d'arbres, avec de grands espaces quasi déserts. Les berges plates défilent avec lenteur, imprécises, vaseuses. A la fin, la chaloupe, faute de courant, s'arrête entre les roseaux.

Je débarque sur un banc de limon jaunâtre et tends machinalement la main pour aider quelqu'un à me suivre; il n'y a personne. Un nom qui m'était venu sur les lèvres s'échappe aussitôt, dissous dans la brume. A travers les marécages de l'estuaire, je rejoins le rivage.

Sans savoir comment, Boris se retrouvait devant sa porte; il se mit donc à gravir les marches qui menaient à sa chambre.

9

Depuis plus de deux semaines, mon ami Malus ne m'a guère quitté. Nous passons ensemble des journées entières, allongés sur la falaise au-dessus de la mer, à écouter le bruit des vagues.

Il fait beau, le vent nous apporte au visage un air déjà tiède et sucré; il ne reste plus, très haut dans le ciel, que quelques petits nuages blancs qui dépassent l'île sans s'arrêter. Tout autour de nous la bruyère est en fleur et bourdonne de milliers d'abeilles; des lézards furtifs glissent sur les pierres, immobiles un long moment, puis parcourant un ou deux mètres à une incroyable vitesse pour se figer brusquement de nouveau, dressant la tête à l'affût d'on ne sait quoi et donnant dans le vide d'imperceptibles coups de langue.

La pêche est abondante, les agnelages se font sans tracas; le peu de travail qu'il nous faut accomplir aux champs se trouve grandement facilité par cette saison sèche. Nous occupons ensuite nos longues heures de loisir à nous chauffer aux rayons d'un soleil qui, chaque jour, est plus éclatant que la veille; et chaque soir, en rentrant au village, nous pouvons lire dans les rougeurs du couchant l'annonce d'un lendemain plus pur encore.

« Ne te semble-t-il pas, m'a dit aujourd'hui Malus,

voir briller par instant comme un manteau de noce aux creux des vagues, et, dans leur brisure ajourée, onduler des boucles défaites? Ne sens-tu pas que l'eau s'ordonne en courbes plus harmonieuses? »

Je demande à mon tour : « Pourquoi les sirènes ne restent-elles pas toute l'année dans l'île?

– Elles y vivaient jadis, mais très vite, sous nos climats, les gagne un ennui mortel; dans nos tristes maisons elles perdent leur gaieté et leur splendeur se ternit dans nos brumes. Ne les aimons-nous pas mieux ainsi? Et ne sommes-nous pas toujours avec elles? Ne les avons-nous pas assez suivies le long des nuits humides à travers la monotone incertitude de l'hiver? Voyons-nous autre chose que leurs bras dans les branches, que leurs yeux dans les trous d'eau, leur bouche dans les flammes mauves de la tourbe? Et le soir, couchés sur le dos, nous suivons encore au plafond les lignes de leurs corps parmi les nervures des poutres.

« Arrive-t-il, dis-moi, que notre pensée soit ailleurs? Leur appel, leur appel étrange, nous quitte-t-il jamais, ou bien finissons-nous quelquefois par ne plus l'entendre, tant nos oreilles en sont pleines, et le confondons-nous, dans le même oubli, avec le chant profond de l'océan?

« Demain tu iras vers elle, mais depuis toujours elle est avec toi. »

La mer est basse. Elle se retire si loin, par ces grandes marées, qu'on a l'impression de pouvoir traverser à pied sec depuis le village jusqu'à l'autre pointe, en coupant l'immense baie vide; toute l'étendue de sable poli étincelle dans le soleil, à tel point qu'on peut à peine ouvrir les yeux. On n'oserait guère s'avancer seul à travers ce miroir.

Mais Aimone double mes empreintes de celles

plus légères que laissent ses pieds nus; et je suis léger aussi de la savoir auprès de moi.

De temps en temps je la porte, riante et menue dans mes bras, pour lui faire franchir les bandes de graviers blessants qu'elle ne peut sauter, ou bien quand elle craint de glisser sur les plaques d'argile violette perforée par les pholades.

Plus loin, nous marchons côte à côte sur un sable fin, pailleté de mica, où la mer vient d'abandonner de larges mares qui s'écoulent par des centaines de ruisselets en réseaux, risquant de laisser à sec les minuscules soles qui s'y tiennent tapies.

Plus loin encore, passée la zone des cailloux chevelus où se cachent les petits crabes, nous arrivons à l'eau légèrement laiteuse des herbiers. Là, nous ne pénétrons qu'avec un peu d'inquiétude : tant de frôlements rapides, de contacts piquants ou visqueux, font appréhender de plus dangereuses rencontres; les longs rubans verts qui s'enroulent autour des jambes et les nuages que l'on soulève à chaque pas empêchent de rien voir, si ce n'est tout à coup la fuite vipérine de quelque signathe.

Tandis que nous avançons au hasard, cueillant les grappes noires des œufs de seiche et capturant des hippocampes, l'eau est devenue plus profonde. Lorsqu'elle nous arrive aux genoux, nous obliquons sur notre droite pour retrouver, de l'autre côté, la terre ferme.

De nouveau, quelques pierres couvertes de fucus et les trous d'eau tiède où rêvassent les étoiles de mer; puis encore le sable dur, parsemé de coquillages bâillant à l'air leur langue rose...

Enfin, fatigués de ce voyage, nous remontons vers l'abri des dunes.

Tout en haut de la plage, Aimone s'allonge au soleil; et moi je la berce et l'embrasse en lui parlant.

Elle se contente de rire, comprenant mal encore les mots que je décline et conjugue pour elle. « Je t'aime, Aimone, Mona, la seule. Amie, amande, anémone à la chair brillante; yeux d'argent, bouche souriante. Mon âme, mon amante Aimone. »

J'enlace son cœur paresseux et lassé qui me rend mollement mes caresses; lisse, amoureuse, complaisante, à peine un peu peureuse. Liane d'or aux mouvements d'algue indolente ondulant à la lame, Aimone aimée, navire sans armure, fille de sable et d'écume née de mon corps au plus profond de mon sommeil.

Sauras-tu, ombre légère qui s'envole au crépuscule, sauras-tu, quand tu viendras, combien je t'aurai attendue?

Du sommet de la dune, je suis au loin la ligne de mer qui ferme la baie. Il fait chaud, pour la première fois.

Cette terre, gorgée des pluies de cent années, gonfle et jaillit en rameaux drus sous le feu soudain; partout les arbustes, les herbes, les moindres broussailles, dressent des tiges vertes comme on n'a jamais vu. Il fait le plus beau des temps; notre île est un jardin de tulipes et de roses, un jardin de fleurs éternelles.

J'ai retrouvé mon ami, ce matin de bonne heure, sur la côte ouest; il paraît soucieux, mal en point, comme si la belle saison ne lui réussissait pas. Je me sens tout heureux au contraire, sans savoir pourquoi; seulement à cause du temps sans doute. Le chemin embaume le fenouil; la journée s'annonce plus merveilleuse encore que les précédentes.

Quand j'ai questionné Malus, j'ai cru comprendre à ses réponses peu distinctes qu'il était malade, mais il n'a pas précisé ce dont il souffrait et son pas était aussi vif que de coutume, aussi ai-je pensé que c'était une de ces sautes d'humeur auxquelles je suis désormais habitué.

Nous marchons en longeant le rivage, sans penser à rien; moi du moins, content simplement de sentir le soleil sur mon corps. Des hirondelles de mer se poursuivent en rond sur la plage, juste à la limite de l'eau, sautillant devant les vagues, puis courant après elles et se disputant à grands cris quelque proie vite engloutie.

Nous venons de quitter la côte un instant, pour rejoindre la prochaine échancrure que nous cache un pli de la dune, quand tout à coup mon compagnon s'arrête, prêtant l'oreille. On n'entend que la mer de tous les côtés, la mer tranquille, régulière, successive, et non pas folle et déchaînée comme aux époques d'équinoxe.

Je m'apprête à poursuivre notre promenade, lorsqu'un bras désespéré m'agrippe. « Ne va pas plus loin! » me dit Malus d'une voix changée, celle d'un enfant qui a peur du noir. Etonné, je lui demande pourquoi : la grève suivante que je connais bien est assez petite, bien abritée, agréable en tous points, ornée de quelques gros rochers d'où nous pourrions contempler à notre aise les lames l'une après l'autre.

« Ne va pas plus loin, reprend-il avec véhémence, tu n'as rien à faire sur cette plage.

– Eh bien, dis-je, amusé, ailleurs non plus.

– N'y va pas, pour l'amour du ciel! La marée d'hier a laissé sur le sable les démons de l'été, les terrifiants poissons humains descendus des mers chaudes, qui ne cherchent ici que notre mort.

– Quels contes me fais-tu là?

– Les sirènes! Les sirènes se sont abattues sur notre île malheureuse.

– Es-tu donc fou? Nous savons bien que les sirènes n'existent pas.

– N'y va pas! Elles ne savent que se moquer. C'est de l'autre côté que doit venir le vaisseau que nous attendons... »

Déjà je n'écoute plus; je n'entends que la chanson qui monte de la grève, nostalgique et joyeuse à la fois, où je reconnais soudain mon propre nom.

Faiblement, la voix de mon ami m'appelle : « Reviens, reviens, tu ne sais pas... » En quelques bonds, je suis sur la crête.

Les jeunes femmes après le bain brunissent au soleil le corps de nacre, vêtues avec simplicité de colliers et bracelets en coquillages. J'ai peur d'abord qu'elles ne s'échappent à mon approche, aussi resté-je sans faire un geste à les admirer... Le sable lentement commence à couler dans ma tête vide.

Assise à l'écart, j'aperçois celle qui m'attend; pensive, elle me regarde; de sa main droite à demi soulevée le sable s'écoule, s'amoncelant derrière mon front et mes yeux avec un crissement à peine perceptible. Je me laisse tomber en bas de la dune croulante.

« Comme tu as tardé, dit-elle; voilà bien des jours que j'ai relevé la trace de tes pas sur la grève et c'est, depuis lors, en songeant à toi que je me parais; je me balançais un peu, en marchant, pour te plaire; si je chantais, ton nom malgré moi revenait sans cesse à ma bouche et je sentais, quand je nageais, la caresse de tes mains passer sur mes bras. »

Je prends sa longue main, sa main de joueuse de harpe; je compte un à un ses doigts déliés. Elle a la peau si douce et polie par les vagues que l'on frissonne en la touchant. Elle a la main blanche et les doigts si fins que la bague que j'ai trouvée passe sans peine à l'annulaire.

La baie, déserte, incroyablement, s'étale à nos pieds; la mer a retiré ses poissons et ses algues si loin cette fois qu'ils ne reviendront plus : les rochers ont fermé le passage derrière elle. La mer est partie pour toujours vers des rives plus froides.

« Qui es-tu, homme triste, homme aux yeux gris, visage solitaire et qui fais peur? De quelle longue date ne faut-il pas que je t'espère pour ne pas m'enfuir devant la glace que tu apportes? Des lambeaux de brume traînent encore dans ta toison; ta bouche a des lèvres trop minces et ne parle guère, tes yeux grand ouverts ne voient pas plus loin que leurs cils, tes oreilles sont attentives mais n'entendent pas.

« Pourtant ma tête a déjà marqué le creux de cette épaule, ces yeux me renvoient l'image des miens et ces paumes calleuses prennent toutes seules la forme de mes hanches... »

Il accentua son sourire à l'adresse de la jolie fille qui le regardait, avec complaisance lui avait-il semblé. Ensuite, l'agent siffla et la file de voitures arrêtée au carrefour reprit sa course sur l'avenue. La jeune fille, avant de disparaître au volant de son automobile, fit un léger signe de tête dans sa direction.

A ce moment, il eut l'impression de l'avoir déjà rencontrée, mais il ne put retrouver à quel endroit, ni quand. Ou bien avait-elle souri à un inconnu? Ce n'était pas impossible après tout : ça ne lui coûtait pas grand-chose et l'engageait si peu vis-à-vis de lui qu'elle ne reverrait probablement jamais. Même s'il la revoyait, la reconnaîtrait-il? C'était peu vraisemblable; peut-être d'ailleurs n'habitait-elle pas la capitale, peut-être était-elle étrangère. Il aurait dû chercher une indication sur la plaque de l'auto; maintenant, il était trop tard. Il se replongea dans son journal.

Boris, assis sur un banc, profitait du dernier soleil de septembre. Depuis deux jours qu'il n'allait plus à l'usine, le temps était au beau, aussi passait-il la plus grande partie de ses après-midi sur les bancs de la ville, quelquefois dans les jardins publics, ou bien à la terrasse des cafés.

Dans les journaux, il lisait n'importe quoi, avec une préférence toutefois pour les informations concernant le monarque, éprouvant un certain agacement à voir ces dernières si nombreuses et le plus souvent dépourvues de ce caractère strict et protocolaire qu'on était en droit d'attendre. Il était certain que, tout récemment encore, on n'attachait pas, dans la presse, une telle importance aux menus faits de son existence la plus intime, qui s'étalait maintenant à longueur de colonnes, finissant en somme par lui donner une sorte de chaleur humaine, de plus en plus évidente justement à mesure que Boris au contraire s'acharnait à le détruire.

Cette situation ne pouvait durer. Il avait été particulièrement choquant de constater, le mercredi matin, que la rumeur publique ne tenait aucun compte de l'attentat commis la veille, imaginé il fallait bien l'avouer, mais ayant quand même plus de poids que les mille futilités dont les quotidiens se faisaient l'écho complaisant. Peut-être fallait-il soudoyer un rédacteur. C'était bien humiliant de recourir à de pareilles méthodes.

N'aurait-il pas alors mieux fait de laisser un indice de son passage, « l'arme sur le lieu du crime » comme une provocation, pour venir à bout du non-lieu? C'était important d'autre part de conserver ce couteau comme preuve en cas de contestations. Au fond, il apparaissait enfantin de se fâcher pour si peu : il n'avait pas tué le roi, on n'était que le 17 septembre et la visite devait avoir lieu le 18. Le plus sage était de patienter jusque-là; la chose se trouvait bien arrangée, bien combinée, bien organisée et ferait à coup sûr du bruit en son temps.

L'atelier de montage vertical avait été construit expressément en vue de ce meurtre : la disposition des lieux, le fonctionnement de l'ascenseur, la serrure de la petite porte, tout était aménagé à cette seule fin et, pour cette raison, l'entreprise ne pouvait que réussir. Le roi lui-même y venait dans l'intention de mettre fin à ses jours, estimant sans doute qu'il était un obstacle à la marche de l'histoire : comme il ne pouvait abdiquer sans créer de trouble, il préférait cette sorte de suicide. Tout se passait comme si lui-même arrêtait l'ascenseur à la plate-forme obscure pour s'enfoncer la lame dans le cœur et la tendre ensuite, rouge de son sang, à Boris son seul ami, son unique parent, en gage d'affection.

C'était donc un talisman, qu'il lui suffirait de présenter au château pour se voir installé, muni de ce sceptre, sur le trône du défunt; car c'était lui, Boris, que la collectivité tout entière avait choisi pour roi en édifiant à son usage l'Usine Générale, et plus tard en lui soufflant chaque mot de son rôle.

Il promena le regard sur la foule de ses sujets qui passaient autour de lui. Des signes avant-coureurs de sa dignité nouvelle se faisaient jour à travers l'indifférence générale : des centaines d'yeux étaient braqués sur lui, la plus belle de ses vassales venait de lui sourire à la vitre baissée de sa voiture.

Il fallait faire quelque chose pour ce peuple en attente. La montée rapide de l'Eglise constituait peut-être un élément défavorable pour l'Etat; le roi Jean était débonnaire mais Boris, désormais responsable, devait d'abord établir clairement les raisons qui pesaient de chaque côté. On pouvait encore changer de route : la masse labourée par l'agitation du Parti semblait hésiter, son soulèvement pourrait sans peine se retourner contre ceux qui l'avaient provoqué.

Le programme unioniste apparaissait assez tentant avec son plan de travaux : ces routes nouvelles qui sillonneraient en tous sens le pays, dont actuellement d'énormes étendues restaient inexploitées, sinon même inconnues. Ou bien alors l'Eglise, ses défilés et ses cathédrales. Comment se décider? En tirant au sort à pile ou face?

Face.

Tout au bout de l'immense grève vidée par la marée, nous arrivons à la petite lagune trouble qui représente les derniers restes de l'océan.

Aimone, pour se reposer, se laisse glisser dans l'eau chaude et s'étend sur le fond sableux au milieu des herbes, grâce à cet étrange don qu'ont ici les femmes de pouvoir respirer la mer. Les yeux ouverts, les lèvres desserrées, sa longue chevelure mouvante ondulant tout autour de son corps, elle me regarde à travers l'eau glauque qui la voile à moitié; je me penche, cherchant ses membres entre les lianes vertes. Elle sourit, tend une main jusqu'à la surface, comme pour m'attirer à elle. Mais à quoi bon, elle sait bien que je ne pourrais pas vivre sans air et je me prends à maudire cette eau qui nous sépare. On dirait qu'elle parle, ccpendant aucun son n'arrive à mes oreilles et, soudain pris de panique, je saisis ce bras qui m'appelle, je l'entraîne après moi vers la rive; quand enfin son visage émerge, je m'allonge à mon tour près d'elle, je la caresse, Aimone, douce épave égarée, parmi les algues flottantes. Dissous dans la tiédeur liquide nous nous aimons, à demi noyés tous les deux...

Bientôt la mer nous a rejetés sur la plage où nous restons étendus, rêvant comme des cadavres après un naufrage; et lentement, à regret, revient le souvenir.

Elle avait le même corps souple et long, presque encore enfantin; sa peau bronzée brillait pareillement sous l'eau verte, elle avait aussi le goût un peu âcre de goémon.

Elle s'appelait Lélia... Lélia aux yeux fragiles, à l'âme lointaine, à la chair tendre. Lélia aux cheveux blond cendré qui retombaient sur les épaules et dont les membres gracieux me distançaient facilement à la nage. Lélia, rose thé, où es-tu maintenant? Pourquoi n'es-tu pas revenue quand même, toi que je n'ai pas retenue et dont je n'ai pas attendu le retour, Lélia que je n'ai pas pleurée, qui ne m'as pas pleuré non plus sans aucun doute, insouciante et toujours gaie; qu'ai-je à faire aujourd'hui de ton image séduisante?

Je regarde Aimone, petite ophiure disloquée; c'est bien elle, comme une agnelle ressemble à une autre.

« Tu avais l'autre été, dit-elle, le teint plus clair et les muscles moins forts.

– C'est que j'ai ramé dans la pluie et le vent, mais je ne comprends pas tes paroles : ne nous voyons-nous pas pour la première fois?

– Bien sûr, répond-elle en sortant de son rêve, c'est d'un autre que je parlais. »

10

Cet été-là, il fit vraiment très chaud; ce n'était pas cette chaleur suffocante qui tient les corps prostrés et malades, mais un bienheureux anéantissement au sein d'une torpeur, une espèce de gouffre où tout disparaissait. Il faisait trop chaud pour travailler certes, trop chaud aussi pour accomplir de grandes marches; Boris avait dû renoncer à ses interminables promenades à travers marais et landes, dont il ne sentait plus d'ailleurs le besoin; il restait des journées et des nuits entières couché dans le sable auprès d'Aimone, à capter le fugace souffle d'air venu du large qui les sauvait d'un abrutissement trop lourd.

Les heures les plus torrides, ils les passaient dans l'eau bienfaisante; sans faire un geste, ils se laissaient porter, méduses translucides, amollies, imbibées, la conscience dissoute.

Sur les plages, le varech desséché devenait blanc à force de cuire; les dunes surchauffées reprenaient leur aspect de végétation morte. A l'intérieur de l'île, après la luxuriance du premier soleil, les belles couleurs viraient rapidement au gris jaunâtre : c'était à peu de chose près, quoique plus poussiéreuse, la teinte de l'hiver. Seuls les marécages gardaient encore un semblant de fraîcheur : là, l'humidité persistante avait donné naissance à une véritable flore tropicale, qui prenait de jour en jour des dimensions plus inaccoutumées.

La récolte de seigle et d'orge avait été plus abondante qu'on ne l'avait jamais vue, les épis ayant eu le temps de mûrir avant d'être grillés par le feu du mois d'août. Le long des muretins de pierre sèche, les ronces avaient mêlé leurs gros fruits, noirs et parfumés, aux étoiles violettes de la douce-amère; et dans les petits jardins, près du village, on avait cueilli quelques belles poires.

Mais la sécheresse, très vite, avait commencé ses ravages. Il avait fallu arracher, bien avant l'époque, les pommes de terre tardives dont la pousse était arrêtée; dans les pâturages roussis, les moutons ne trouvaient plus un brin d'herbe. On avait construit à la hâte, pour protéger les bêtes, des abris de branchages sous lesquels elles venaient, dès le matin, chercher l'ombre; c'est là qu'on leur portait un peu de foin et quelques seaux de l'eau précieuse qui menaçait de faire bientôt défaut.

Malus avait disparu et tout le monde l'oubliait; les jeunes hommes vivaient avec les sirènes et ne pensaient plus à la silhouette un peu voûtée qui les inquiétait autrefois dans la brume. Certains, s'étant aventurés du côté de la pointe nord, racontèrent qu'il s'était retranché derrière les épaisses murailles de sa tour. Enfermé dans la chambre la plus obscure dont il avait bouché l'unique meurtrière, toutes issues condamnées, seul il réussissait à se protéger de cette chaleur et de cette lumière écrasantes.

Au-delà de ses murs, le soleil envahissait tout, parvenant à engourdir jusqu'aux lézards et rendant même rêveurs les poissons, que personne n'avait plus la force de pêcher. Les vieux du village disaient qu'il faudrait bien que ce temps-là finisse.

Boris s'assit sur une caisse; il ressentait une grande fatigue dans tout le corps, et particulièrement dans les jambes, qu'il avait flageolantes, mal assurées. Sa tête était encore plus cotonneuse que les autres jours.

Naturellement, il était venu beaucoup trop tôt. Selon le plan qu'il avait depuis longtemps mûri, il arrivait juste au dernier moment, afin de risquer le moins possible d'être découvert; quelqu'un pouvait en effet ouvrir la petite porte à l'improviste pour déposer encore un paquet de ferraille parmi l'amas des objets au rebut et des matériaux divers. Comment Boris expliquerait-il sa présence dans ce réduit? Le mieux serait de prendre un air affairé, comme s'il venait lui-même d'apporter quelque chose, ou comme s'il recherchait un outil censément égaré là. Mais l'autre pourrait être un contremaître, un gradé quelconque chargé de vérifier un détail technique ou bien même d'inspecter les abords du chemin royal; il verrait tout de suite que Boris n'était pas du service. Dans le cas le plus favorable, où personne ne surviendrait, il était stupide de rester là des heures à s'énerver... Non, ce n'était pas cela, il ne s'énervait pas : il craignait plutôt de s'endormir.

Tout était exactement tel qu'il se le rappelait, sauf que la plate-forme paraissait moins obscure : une lueur bleuâtre filtrait de partout, au lieu de provenir uniquement de la cage d'ascenseur. Boris se demandait s'il aurait besoin d'allumer, quand il se souvint brusquement que, la dernière fois, la lumière avait jailli dès qu'il avait pressé sur le bouton d'arrêt; or, il était à peu près sûr de ne pas avoir appuyé en même temps sur l'autre bouton, c'était donc également inutile de le faire aujourd'hui; peut-être d'ailleurs ce deuxième interrupteur ne commandait-il pas du tout l'éclairage, comme il le croyait, puisque le premier servait aux deux usages à la fois; c'était aussi bien quelque sonnerie d'appel qu'il fallait à tout prix éviter de déclencher.

On avait dû, pourtant, prévoir un fonctionnement distinct, et dans ce cas il était normal de trouver un bouton pour l'ascenseur (donnant aussi de la lumière) et un autre pour la lumière seule. Quelque chose clochait toujours : ce n'était pas rationnel de presser sur une seconde commande si ce geste ne servait à rien, mais ne le faire qu'après avoir constaté que la lampe ne s'allumait pas – ce qui demeurait après tout possible – constituait à la fois un retard et une déchirure dans le plan. Cette incertitude était d'autant plus irritante que Boris ne savait pas exactement d'où elle tirait son origine, du moment qu'aucun essai n'avait eu lieu « en réalité ».

Il essaya de s'installer plus confortablement sur sa caisse, cherchant à distinguer dans la pénombre s'il ne se trouvait pas de meilleur siège. Il se contenta de s'appuyer le dos contre une poutrelle, après s'être assuré qu'elle était à peu près propre : il devait s'appliquer à ne pas salir ses vêtements, également à ne pas laisser de marque dans la poussière.

Son costume lui avait d'abord causé beaucoup de tracas : il ne pouvait se présenter à l'entrée de l'usine en bleu de travail; d'autre part, en prendre un sous son bras pour l'enfiler dans un coin tranquille compliquait les choses. Après maintes hésitations, il s'était vêtu d'un complet ordinaire, ni trop sale ni trop frais, et ce n'est qu'en pénétrant dans le hall qu'il s'était aperçu de son erreur; il n'y avait dans la foule, peu compacte encore à cette heure, que deux catégories de personnes : des ouvriers en bleus qui achevaient les préparatifs et des gens élégants venus répéter leur rôle avant la cérémonie. Sur le moment, tout lui avait semblé perdu, puis, ayant constaté que tous étaient trop affairés pour lui prêter attention, il s'était résolu à poursuivre comme si les choses allaient au mieux.

Il avait donc commencé de gravir l'escalier, en tâchant de se concentrer sur l'action qu'il était en train d'accomplir. Or, à mesure qu'il montait, il lui semblait au contraire voir sa conscience lui échapper; il ne réussissait pas à se persuader que, cette fois-ci, il s'agissait véritablement du crime. De minute en minute, le vide s'aggravait dans sa tête. Il aurait dû boire un somnifère la veille au soir pour dormir convenablement, au moins cette nuit-là; d'un autre côté, cela n'aurait peut-être fait qu'accentuer cet engourdissement dont il souffrait, alors qu'il avait besoin de tous ses esprits. Il eût mieux valu prendre un somnifère pendant quelques nuits, puis un excitant nerveux le matin même; mais ce n'était pas assez simple et surtout pas assez naturel : il ne pouvait rien sortir de bon de toutes ces drogues.

A présent, il allait agir comme un automate qui répète une leçon apprise par cœur; pas davantage qu'avec la solution précédente il n'était véritablement responsable. De plus, si un événement imprévu le déroutait en cours d'exécution, il allait commettre au hasard les pires maladresses; mais comme, de toute façon, un événement *imprévu* serait une faute dans ses préparatifs, même s'il s'en tirait à son avantage au moment décisif, la portée de l'acte en resterait entièrement compromise. Enfin, il n'était pas question de remettre l'entreprise à plus tard : si elle était nécessaire, elle réussirait maintenant.

Après le premier palier, il avait croisé deux hommes habillés comme lui; cela lui avait d'abord fait plaisir, mais aussitôt qu'il les eut dépassés il leur avait justement trouvé des allures louches; il s'était retourné pour les inspecter de nouveau et avait vu les deux hommes, également retournés, qui le regardaient. Extrêmement troublé, il avait repris sa marche; c'était comme s'il avait reçu un coup sur la tête.

Par bonheur, il ne connaissait personne, car, s'il lui avait fallu soutenir une conversation, ne fût-ce que de quelques secondes, il aurait eu l'air d'un fou.

A la réflexion, Boris pensa qu'il avait peut-être au contraire rencontré des camarades, et qu'il était passé sans les reconnaître, ce qui était encore plus ennuyeux.

Il faisait trop chaud dans ce débarras, on y respirait difficilement. Boris fut tenté de s'en aller. Pourtant il voulait en finir d'une façon sérieuse : il ne suffisait plus de punaises ou autres simulacres, il fallait un coup qui mette vraiment en cause le corps de son auteur.

Pourquoi se décourager? L'affaire était en bonne voie; il n'y avait pas eu jusque-là d'ennui notable : l'escalier, le contrôle, le petit couloir et la porte... Assis sur sa caisse, Boris revit le petit homme au sourire malin; le roi se moquait de lui.

Pourquoi mon ami ne vient-il plus me rendre visite? Il y a bien longtemps que je ne l'ai pas entendu : deux mois, trois mois? Il est impossible d'effectuer le moindre calcul sous ce soleil, ni de se rappeler rien de précis. Que me disait-il donc lors de nos promenades? Peut-être faisait-il des promesses et, comme il n'a pu les tenir, il redoute maintenant mes questions; ou bien craint-il seulement la chaleur? A part cela, tout s'est passé pour le mieux : l'escalier, le contrôle, le petit couloir, la porte... et les jours se succèdent, calmes, sans attente, rien devant, rien derrière, que loisir et somnolence.

Nous vivons dans ces zones rarement découvertes où, sur le sable un peu glaiseux, rampent de monstrueuses carapaces hérissées de piquants, des emboîtements de tenailles et de pinces, des bouches voraces dépourvues de corps; dans les flaques autour de nous se dissolvent des bêtes molles, légèrement écœurantes, qui perdent leur forme dès qu'on les sort de l'eau...

Au moment où il s'était retourné pour échapper au regard des deux hommes, il s'était trouvé nez à nez avec un groupe de surveillants en uniforme qui opéraient un contrôle sur le second palier. Il était déjà sur le point de redescendre, quand il s'était rendu compte de ce que cette conduite aurait présenté de suspect; il avait donc arboré son visage le plus clair en exhibant le laissez-passer qui attestait de son emploi dans l'usine, feignant de croire que cette simple carte justifiait sa présence en ce lieu. A cet instant il avait remarqué, à côté de lui, un individu qui franchissait le barrage sans s'arrêter en montrant une carte semblable; il comprit ainsi qu'elle était suffisante et regretta de n'être pas passé comme l'autre, avec négligence, sans attendre qu'on lui précisât que la route était libre. Aussi, pour expliquer la légère pause qu'il venait de marquer, il avait demandé l'heure à l'un des gardiens, mais il était si ému qu'il n'avait pas enregistré la réponse.

Plus il y réfléchissait, plus il trouvait ce contrôle invraisemblable : il eût été normal de regarder au moins le numéro de l'atelier, car des dizaines de milliers de travailleurs possédaient la carte de l'Usine Générale et il était même probable que n'importe qui pût s'en procurer une sans grand mal. Peut-être des employés de divers services avaient-ils des raisons de venir ici en ce jour exceptionnel; dans ce cas, toute vérification était illusoire, à moins d'établir pour cette circonstance un laissez-passer spécial. De toute manière, celui qui servait était déjà exigé par le concierge de la grande porte et nul ne pouvait circuler à l'intérieur sans en être muni.

Cette parodie devait avoir pour but unique de sauver les apparences : toute précaution paraissant superflue, on prenait pour la forme des mesures factices.

Boris se leva pour se dégourdir un peu les jambes, mais, craignant de provoquer des bruits insolites, il n'osa pas faire les quelques pas qui l'auraient délassé. Il regarda sa montre : elle était encore arrêtée; agacé, il pensa ouvrir le boîtier, malheureusement il ne faisait pas assez clair. Il se rassit, la caisse craqua faiblement.

Tout à coup, il lui vint à l'esprit qu'il n'avait même pas repéré les commandes; où avait-il donc la tête? Il se releva, satisfait de ce prétexte à s'agiter. Les boutons étaient bien là : les trois gros pour l'ascenseur, montée, descente, arrêt – on arrivait à lire ces trois indications – et le petit en haut, qui ne pouvait être que pour la lumière. Néanmoins, Boris aurait aimé s'en assurer, mais il craignit de donner l'éveil. Il s'efforça d'imaginer quel autre mécanisme pouvait exister et ne découvrit rien : c'était sûrement la lumière. Peut-être aussi ne fonctionnait-elle pas? Cela même n'avait guère d'importance, le demi-jour suffirait. Alors pourquoi essayer d'allumer?

Pour penser à autre chose, il tâta le couteau dans sa poche, puis alla se rasseoir en s'obligeant à repasser mentalement, une fois de plus, les gestes qu'il allait accomplir, au lieu de remâcher sans cesse ceux qui l'avaient conduit là. Il ne parvint qu'à un travail improductif, qui menaçait de l'embourber dans des idées toutes faites, donc dangereuses. Il tournait à vide : dès qu'il entendrait le déclic du démarrage, il se placerait à son poste, saisirait le couteau enveloppé dans sa poche... Machinalement, il en fit le geste; une petite vague vint mourir à ses pieds, il se recula légèrement sur le sable.

Ayant eu quelque peine à faire jouer la serrure, en entrant, il n'avait pas osé la refermer, dans la crainte de se trouver pris au piège; c'était ennuyeux : on pourrait s'inquiéter de voir la petite porte entrouverte. Il déroulerait la bande de papier et la rangerait soigneusement... une nouvelle vague un peu plus longue, on aurait dit que l'eau commençait à remonter.

Il tourna les yeux vers Aimone, endormie à portée de sa main dans une pose abandonnée, étoile de mer oubliée sur la grève, sans défense, à sa merci. Une vague plus forte déferla sur son corps; elle se redressa vivement en frissonnant et dit « C'est froid! » Boris se releva aussi.

Ensuite, il se demanda ce qu'il faisait debout, il toucha de nouveau le couteau dans sa poche et reprit sa place sur la caisse.

Dès qu'il entendrait le déclic, il se placerait à son poste... Quelle heure pouvait-il bien être? On respirait difficilement dans ce tunnel, il y régnait une désagréable odeur d'acétylène. Peut-être était-ce toxique; Boris vit la cabine royale monter lentement devant la plate-forme, éclairant au passage son propre cadavre.

Bien entendu, l'eau est aussi chaude que d'habitude; Aimone, qui s'était assoupie, a sans doute été surprise par son brusque contact.

A cette heure-ci, pourtant, une fraîcheur relative se fait sentir; aujourd'hui surtout, car un bon vent souffle depuis ce matin.

Parler de « se réchauffer » semble tout de même absurde. De quelle nature singulière est donc cette fille? J'ai eu la paresse de la suivre dans la course qu'elle exécute; loin de s'en satisfaire, elle veut maintenant que nous allions « ailleurs ». Où croit-elle que nous puissions aller?

« Viens, me dit-elle, cette nuit sera froide. » Mais elle n'insiste guère pour m'entraîner; comme j'essaie de la saisir, elle m'échappe et, pénétrant dans l'eau d'un bond, elle s'éloigne à brasses rapides. Elle me crie encore : « Je vais revenir! » Puis j'entends son rire, qui me laisse indécis sur ce que je dois croire.

Il fait bon sur cette plage; dans la douceur du crépuscule, sans m'interroger plus longtemps, je contemple Aimone qui nage dans les vagues...

Boris sursauta : la cabine montait! Ayant bondi de son siège, il pensa subitement qu'il avait oublié le couteau; pris de peur, il palpa la poche intérieure de sa veste; évidemment, le couteau y était, comme il l'avait déjà vérifié plusieurs fois. Alors toute émotion tomba d'un seul coup et il entama la suite mécanique des gestes.

La cabine s'élevait avec un petit bruit régulier. Boris examina la lame étroite; le roi portait peut-être une cuirasse dissimulée. « L'instant fatal » approchait.

Il se rendit compte tout de suite qu'il n'y avait pas de roi, ni personne d'autre, dans l'ascenseur; son premier mouvement fut de se jeter en arrière, mais il se contint : que pouvait-il redouter d'une boîte vide? D'ailleurs, il était à peine surpris. Il attendit. La cage métallique s'immobilisa, juste au palier, et presque aussitôt redescendit.

Que signifiait cette comédie? Un essai, ou bien une démonstration? L'heure devait être dépassée depuis longtemps. Il resta quand même, mais il ne croyait plus du tout à cette histoire.

De nouveau, la cabine était au sol, le bruit du moteur s'était arrêté. Boris se demanda s'il allait se rasseoir; mais ça ne l'intéressait pas beaucoup. Il suivait la tête minuscule qui s'éloignait insensiblement sur la mer; on ne savait déjà plus si c'était une tête, à cette distance, dans le demi-jour; ce pouvait être aussi bien une mouette posée sur l'eau.

Boris respirait l'odeur de la marée montante, quand le bruit irritant du moteur le réveilla. Il continua néanmoins de s'accrocher à la chevelure blonde chaque fois qu'elle apparaissait, mais elle se confondait de plus en plus avec l'écume à la crête des vagues. Où allait-elle ainsi dans la nuit tombante? Une lame lui éclaboussa les jambes; il se recula.

On ne voyait plus rien, Boris remonta s'asseoir dans la dune. Il y avait deux personnes, maintenant, en face de lui : pourquoi pas deux aussi bien? L'autre était un peu sur le côté, ce n'était pas gênant.

La mer luisait faiblement à la clarté des étoiles; la lune n'était pas encore levée.

11

Subitement, tout s'était embrouillé.

Déjà le roi faisait mine de s'avancer, croyant être arrivé à destination et ne s'étonnant pas qu'on le reçoive dans ce réduit poussiéreux... Il avait pris, lorsque Boris l'avait frappé, cet air incrédule qui marquait d'une moue légèrement ironique l'invraisemblance de l'attentat; mais au même moment –

tout de suite après ou bien quelques secondes avant? – des coups de pistolet claquaient, venant, semblait-il, d'un peu partout, derrière les caisses accumulées sur la plate-forme. Boris avait réussi, non sans mal, à retirer son couteau et, complètement affolé, avait renvoyé l'ascenseur. Pendant ce temps, pour mettre un comble au désordre, une sonnerie s'était déclenchée, tandis que des cris retentissaient de toutes parts.

Il n'y avait plus qu'à battre en retraite, mais les signaux d'alarme s'enflaient et se multipliaient à travers les escaliers et les couloirs; Boris dévalait à toutes jambes au milieu d'un fracas déchaîné de sifflements et de tocsins. Sur son passage, deux rangées de visages effarés le regardaient avec terreur. En jetant un coup d'œil à ses mains, il les vit dégouttantes de sang et il accéléra sa course.

Il ne savait plus du tout où il en était; un point surtout le préoccupait : qui avait tiré, quelle catégorie de gens était-ce? Des conjurés, cachés comme lui, ou des agents de l'ordre? Pour des criminels en embuscade, ils s'étaient tenus bien tranquilles et semblaient s'être reposés entièrement sur lui du soin d'arrêter la cabine; c'est vrai qu'ils pouvaient avoir prévu un autre dispositif pour y parvenir, et peut-être l'appareil était-il stoppé quand lui-même avait pressé le bouton. De toute façon, les armes choisies leur permettaient d'agir sans interrompre la montée, qui n'était pas très rapide; mais il paraissait curieux, s'ils avaient eu cette intention, qu'ils n'eussent pas tiré plus tôt. D'un autre côté, en supposant que ce fussent des policiers, il était également peu compréhensible qu'ils aient tellement attendu et qu'ils s'y soient pris ensuite avec autant de maladresse. Etaient-ils arrivés trop tard?

Rien de tout cela n'était clair pour Boris, qui n'arrivait même pas à se rappeler *quand* avait commencé la fusillade. Une image l'assaillit : deux gendarmes se penchaient sur son corps percé de balles; dans la cabine, qui avait repris son ascension, le roi réparait le désordre de son costume, pendant que l'homme qui l'accompagnait s'excusait de n'être pas intervenu avec plus de présence d'esprit : « Tout s'est passé si vite », disait-il; mais le roi le rassurait aimablement : « Ce n'est rien, ces fous ne sont jamais très dangereux. »

Boris courait toujours, entre des groupes étonnés. N'y tenant plus, comme il passait derrière une palissade à l'abri des curieux, il sortit de sa poche le couteau de cuisine qu'il avait oublié d'enrouler dans son papier; il y avait nettement du sang sur la lame, ça au moins ce n'était pas une vision. Il sourit d'un air entendu. « Allons, se dit-il, il y a quand même des preuves », et il marcha plus calmement.

Pourtant, bien d'autres détails l'inquiétaient; il y avait dans l'ascenseur un second personnage, dont la conduite n'avait pas été claire : pourquoi n'avait-il pas bougé pendant toute la scène? Avait-il été tué net dès le début par une balle de revolver, son corps étant ensuite resté debout, appuyé contre la paroi? Ou bien avait-il agi, à l'insu de Boris? Peut-être était-ce lui qui avait appelé au secours et actionné le signal d'alarme; à moins évidemment que ce ne fût Boris lui-même, par une erreur de manœuvre. Sur quels boutons au juste avait-il appuyé dans son engourdissement et sa précipitation? Il ne pouvait non plus dire exactement à quel instant précis la sonnerie s'était mise à fonctionner : d'une façon générale, la chronologie de l'affaire lui échappait complètement.

Son dernier espoir, pour en sortir, était de lire à tête reposée les explications que les journaux ne manqueraient pas de publier le lendemain. Jusque-là, toutes les interprétations demeuraient possibles, par exemple que le roi avait été tué d'abord par les autres et que sa propre efficacité se soit bornée à crier au meurtre.

Ensuite j'ai pensé qu'elle ne reviendrait pas ce soir-là, ou même qu'elle ne reviendrait plus du tout; ça ne m'était pas absolument égal, mais rien ne pressait. Il faisait à peine un peu moins chaud, j'ai boutonné le col de ma chemise.

Quelques instants encore je suis resté, sans faire un mouvement, regardant mes mains à demi refermées où venait de s'écouler tout le sable de la mer; il n'en subsistait que cette trace incertaine : des poussières brillantes de nacre et de mica adhérant encore par place, mais qui bientôt se détacheraient de mes doigts trop secs, les laissant irrémédiablement intacts, au bout de mes bras, retombés.

La nuit devait être avancée déjà. La mer atteignait, en haut de la plage, la dernière ligne de goémon; après la houle de cette journée, apaisée maintenant, elle était silencieuse.

Par le sentier de la dune, j'ai longé l'étroit liséré qu'abandonnait la marée haute; à la limite de l'eau, mouillée par une vague un peu plus forte, une bande de gravier brillait doucement sous le ciel clair. Le vent était tombé et laissait immobiles les longues herbes coupantes que l'on devinait à peine dans l'obscurité du sol.

J'ai marché droit devant moi pendant des heures, les membres las, la tête vide, et je n'étais plus que cette frange de cailloux luisants qui bordait le rivage. Par moments le chemin, s'écartant un peu plus dans la lande, me dérobait leur faible éclat; j'avançais alors désemparé, comme celui qui descendant l'escalier d'un phare s'aperçoit soudain qu'il a perdu la rampe et chancelle, incapable d'en conserver assez concrète la mémoire.

Ma tête était plus vide même que ces grands coquillages qui gardent toujours présent le bruit des vagues; je n'étais rien d'autre que ce vide, et l'océan lui-même et tout le sable de ses plages n'avaient pu suffire à le combler.

Avec le petit jour est apparue la grève, large et plate, où le reflux avait laissé les touffes de fucus à découvert; plus bas, leurs tresses brunes baignaient dans le ressac d'une eau décolorée, au lent balancement d'après l'amour. Une légère odeur d'iode arrivait avec le vent retrouvé.

Je me suis reposé, le dos contre un rocher où mes mains appliquées, ces mains qui ne retenaient ni la forme des gestes accomplis ni des choses touchées, ont reconnu leur frère, le granit, que le temps n'arrive pas à polir. Et puis une petite chanson est venue sur mes lèvres, dans le matin strident percé du cri des hirondelles; j'étais encore vivant.

Le village semblait plus éloigné que je ne l'avais cru, j'ai pressé le pas pour être rentré plus vite, car j'avais hâte de manger un morceau de pain et de me coucher. En arrivant à la grande baie, j'ai vu en face de moi les maisons qui brillaient dans le soleil levant; j'ai reconnu la mienne, un peu à l'écart, et cela m'a fait plaisir.

Du côté de la terre, un trait de brouillard barrait la vue. Il faisait presque froid à présent; j'étais content d'être de retour.

De six heures du soir à huit heures du matin, Boris dormit d'un sommeil de plomb. Il se réveilla l'esprit dolent mais en repos. Sorti de son lit sans intention ferme de faire quoi que ce soit, il erra en pyjama à travers la chambre, de la fenêtre à la table de nuit; ayant rencontré le lavabo, par hasard, il fit un semblant de toilette. Tout cela ne parvint pas à le mettre complètement d'aplomb. Il regarda la petite toile au mur et lui sourit avec indulgence. Il nageait.

Quand il se retourna, il aperçut le portrait du feu roi et lui adressa également un signe de connivence; le visage fripé lui rendit son salut. Boris enleva soigneusement les punaises, déchira l'image avec méthode, en mit les morceaux dans le cendrier, puis il se recoucha.

Il n'avait pas assez faim pour aller déjeuner; il se sentait bien là, à ne rien faire. Une bande grise était apparue à l'ouest, au-dessus de l'horizon, il regarda vers le nord où le ciel demeurait d'un bleu sans reproche et dit : « Il fait aussi beau qu'avant, aussi beau qu'il peut faire. » Aimone, qui flottait à côté de lui, ne répondit pas.

On frappait des coups réguliers; juste au-dessous de la chambre, assez fort pour en ébranler les cloisons; c'était agaçant au milieu de ce calme. Boris se leva, les coups cessèrent presque aussitôt. Comme il était debout, il chercha une occupation, se dirigea vers la photographie du roi pendue au mur et, l'ayant décrochée, la déchira très calmement. Ensuite, il se fourra de nouveau dans les draps.

Aujourd'hui encore il y avait un peu de houle qui donnait au corps un mouvement de balançoire, plutôt écœurant à la longue. Il prit dans le tiroir le couteau qui servait autrefois pour éplucher les légumes; les taches sur la lame avaient séché en s'auréolant d'une bordure de rouille, on ne voyait plus bien ce que c'était; pourtant, sur le papier qui l'enveloppait, on distinguait nettement les traces laissées par un liquide rouge. Tout allait bien : le roi était mort. Dans un instant, Boris se lèverait pour acheter un journal et lire le récit de l'attentat : « Crime odieux, acte de folie, deuil national. » A part quelques lignes insinuant que le régicide pouvait avoir un mobile politique – payé par l'étranger – l'opinion dans la presse était unanime : c'était l'œuvre d'un détraqué; l'arme employée, la lumière que l'assassin s'était donnée, les cris qu'il avait poussés, etc. Quelle autre raison d'ailleurs l'aurait conduit à sacrifier sauvagement ce souverain si bon qui dirigeait son peuple avec sagesse, intelligence, etc., etc. Et partout des biographies dithyrambiques du défunt, états de service et histoire intime; jamais on n'en avait tant appris.

C'était énervant à la fin : puisque ce bon roi était mort, qu'on n'en parle plus!

Au cours de la semaine qui venait de s'écouler, les progrès de l'Eglise avaient été si considérables que toute opposition sérieuse semblait désormais anéantie; cela s'était fait comme par enchantement : les autres partis, dont on mesurait maintenant la faiblesse, s'étaient tout de suite désagrégés, leurs rares membres accourant pour grossir les rangs du vainqueur; les leaders avaient emboîté le pas.

Dans les couches profondes de la population, la propagande portait aussi ses fruits; cette parade que Boris jugeait grossière réussissait en tout cas à communiquer aux masses dites amorphes une véritable fièvre politique; chacun voulait d'enthousiasme prendre part à l'« immense tâche de redressement ».

Cependant, les bases de ce redressement n'étaient pas encore précisées. Certes, l'édification de nouvelles maisons du culte, jointe à la restauration des anciennes, donnerait facilement de l'ouvrage pour tous. Par trains entiers, des équipes de travailleurs quittaient en chantant les gares de la capitale, au milieu d'un débordement de drapeaux, de fleurs et de musique; des camps gigantesques les attendaient, disait-on, en province, où d'innombrables chantiers naissaient chaque jour. Dès le début, le chômage s'était trouvé enrayé, des ouvriers en place avaient même quitté leur entreprise pour participer à cette croisade, si bien que dans tous les domaines on recherchait actuellement de la main-d'œuvre.

Mais on ne voyait pas clairement à quoi tout cela allait aboutir. Que rapporteraient à l'Etat ces constructions qui lui coûtaient déjà très cher et qui, si elles prenaient l'ampleur prévue, engloutiraient même la plus grosse partie du budget? Les fidèles affluaient, mais les cérémonies religieuses étaient jusqu'à nouvel ordre gratuites, et il ne fallait pas compter outre mesure sur les touristes étrangers pour dédommager le pays de ses dépenses. En résumé, il ne tombait pas sous le sens que les cathédrales fussent une richesse d'avenir.

D'autre part, la situation extérieure restait toujours aussi alarmante. On s'était embarqué dans cette euphorie assez déraisonnable, comme si l'on avait compté sur la contagion pour calmer l'appétit des voisins aussi fermement que sur la foi pour stabiliser les finances.

Cette confiance agaçait Boris; quand il avait demandé à Laura ce que signifiait cette « politique », elle s'était contentée de répondre qu'une fois bien échauffés les gens pourraient accomplir de grandes choses. Mais lui voulait savoir d'abord quelle serait la nature de ces choses : si les desseins de l'Eglise restaient tenus secrets, c'est que ceux-ci n'étaient pas acceptables de sang-froid. Laura affirmait que le principal était de réveiller les consciences : n'était-on pas, volontairement ou non, en train de les endormir? Boris, d'ailleurs, ne pouvait s'empêcher de penser qu'il n'y avait rien derrière cette agitation, que ce bruit constituait une fin en soi, de même que ce travail ne visait aucune production; c'était cela qui lui faisait horreur.

Laura rayonnait de certitude et c'était également insupportable. De nouvelles élections, devenues nécessaires, confirmeraient le mois prochain que le peuple entier... Boris n'aurait pas été mécontent que son petit crime vînt mettre fin à toutes ces sucreries. Le feu roi s'était en effet révélé comme un des atouts du Parti dont les dirigeants, formant une sorte de comité plus ou moins occulte, avaient besoin d'un étendard; ils en trouvaient là un commode et peu encombrant : héritier de la tradition, le souverain ne pouvait couvrir de révolution trop dangereuse, et d'ailleurs, principe incarné de l'ordre, comment amènerait-il même le moindre trouble? Entre ces mains habiles, il était en quelques jours devenu populaire, alors qu'on l'eût aussi bien oublié tout à fait. De plus, il avait toujours été pratiquant, ce qui avait facilité le tour de passe-passe : il n'y avait plus qu'un seul parti et le plus aimable des rois en était le chef.

Or, juste à ce moment, ce roi mourait assassiné. S'il y avait eu des opposants, l'Eglise aurait pu en profiter pour les examiner comme responsables, elle aurait pu aussi prendre prétexte de ce meurtre pour entreprendre une guerre de conquête, mais il n'y avait pas d'opposants et il semblait trop évident que le pays n'était pas prêt pour une guerre, qui, même avec une gigantesque armée de fanatiques, ne pouvait que se transformer en désastre. On voyait donc mal comment le régicide pourrait lui servir, mis à part que le jeune prince serait encore plus facile à régenter.

D'un autre côté, il restait possible que le roi Jean ait été le chef réel de l'Eglise, qui aurait ainsi perdu sa tête.

A l'étage au-dessous, les chocs recommençaient de plus belle. Boris prêta l'oreille pour se rendre compte exactement de ce qu'on y faisait. « Ils doivent bâtir une cathédrale, plaisanta-t-il pour lui-même, existe-t-il au monde d'autre travail? »

Le bruit cessa. Boris ne relâcha pas son attention, espérant qu'il allait reprendre et le redoutant à la fois. La radio parlait d'un ton neutre, il entendit distinctement : « ... la suite du discours prononcé par Son Altesse le roi Jean à l'issue de la cérémonie qui s'est déroulée hier à l'Usine Générale », et aussitôt après la petite voix bienveillante et malicieuse. Le roi se portait toujours bien.

Les coups reprirent. Ils semblaient cette fois ne plus devoir s'arrêter de longtemps. Boris se leva, il se sentait fatigué, ses membres étaient aussi engourdis que son cerveau; cependant il commença de s'habiller. Au mur, la photographie souriait dans sa barbiche. Il murmura : « J'ai perdu mon temps », puis il descendit pour manger quelque chose.

Au café, tout à côté de lui, quelqu'un lisait un journal; à la vue des feuilles imprimées, il éprouva une drôle de sensation dans l'estomac. Le garçon le considérait de loin; au lieu de venir prendre sa commande, il alluma le poste de T.S.F. et tourna les boutons : la petite voix parlait toujours dans sa barbiche...

Ce discours était interminable. La houle devenant de plus en plus forte, il aurait voulu nager vigoureusement pour regagner le plus tôt possible la plage, mais il était exténué; il aperçut, au fond de l'eau verte, Aimone, allongée sur le sable plusieurs mètres au-dessous de lui, qui le regardait tranquillement. Il n'y avait pas de vagues, là où elle était. Au milieu des ovations de la foule, l'orchestre de l'usine entamait un cantique en guise d'hymne national; la mer prit la cadence grave de la musique.

Cette visite était un succès. A son tour le ministre des Travaux publics prit la parole; homme de l'Eglise s'il en fut, il mélangeait adroitement les thèmes de sa propagande et les flatteries à l'adresse des ouvriers : union, conscience dans le travail et grandeur de la patrie; loi, foi, roi, joie, toi, moi, pas d'abstention; c'était un discours électoral. Boris régla sa consommation et s'éloigna; il avait dans la tête un sablier qui s'écoulait régulièrement; quand tout le sable serait passé du récipient d'en haut à celui d'en bas, il lui faudrait le renverser, c'est-à-dire marcher sur les mains; ce serait sans doute difficile, mais il ne voyait pas d'autre solution.

Heureusement, le flot se ralentissait : sa tête, qui se trouvait elle-même dans le vase supérieur, bouchait à moitié l'étranglement; elle était trop grosse pour passer et barrait la route au sable. S'étant assez rapproché de la plage, il reprit pied et sortit de l'eau; son épuisement était total, il eut de la peine à se traîner jusqu'à sa chambre.

Une fois rentré, il se retrouva en face du portrait au visage souriant; la punaise de l'angle inférieur gauche n'était pas à sa place; elle avançait d'une façon gênante vers le milieu de l'image, il l'enleva pour la remettre exactement dans le coin. Dans le tiroir de la table de nuit, il trouva le couteau, en développa le papier, souillé par des traînées malpropres d'on ne savait trop quoi. Avec une allumette il enflamma le papier et le regarda brûler dans la glace, devant son propre visage. Ensuite, il se mit à nettoyer la lame, en la grattant à l'aide de sa lime à ongles.

Le feu ayant entièrement consumé la bande de papier, il ne reste plus dans la glace que des profondeurs verdâtres qui ne sont pas de l'eau, comme je l'ai cru d'abord, mais le demi-jour d'un sous-bois.

Au cours de l'été se sont développées dans notre île toutes sortes de végétations nouvelles, dont les frondaisons modifient sensiblement le paysage; c'est dans l'intérieur des terres, surtout, que le changement nous déroute : ce qui n'était jusque-là qu'arbustes rabougris a pris en quelques mois l'apparence et les dimensions de vrais arbres, et il n'est pas de modeste plante herbacée qu'une prolifération soudaine n'ait amenée à la taille d'un homme, si bien que nous avons beaucoup de mal au milieu des taillis à retrouver les chemins d'autrefois.

Je longeais à l'instant une clairière étroite à travers un bois, foulant à mes pieds de hautes herbes, desséchées par le soleil de ces derniers mois; je marchais allégrement (puisque de nouveau le temps couvert y autorise), croyant suivre un ancien raccourci, mais le passage s'est progressivement rétréci en un sentier de forêt qui me semble si différent de ce que j'attendais que j'hésite à le reconnaître : outre cet aspect inaccoutumé, sa direction ne me paraît pas bonne.

Je voudrais arriver à la petite plage avant la nuit : j'ai pris cette route pour aller plus vite et, maintenant, je crains à tout moment de m'être trompé. Par endroit le sentier disparaît complètement sous des ronces enchevêtrées où mes vêtements s'accrochent et se déchirent lorsque je me dégage trop brusquement; plus loin, il redevient visible, pour aussitôt se perdre tout à fait parmi les épines. J'ai dû m'écarter trop à droite, car je retrouve la piste à quelques mètres sur le côté, bien marquée cette fois, à peine envahie par l'herbe; un doute me reste quant à son orientation, pourtant je crois me rappeler cette pierre plate, taillée comme une dalle mortuaire, qui dépasse légèrement du sol; je me suis amusé jadis à déchiffrer les caractères qui la couvrent.

Mais ensuite les broussailles s'épaississent à tel point que je dois renoncer à passer : il n'est guère possible qu'un chemin se soit trouvé là, car je vois, en plein milieu, des arbres qui n'ont pas pu pousser en une seule saison, même chaude. Je reviens sur mes pas et je découvre, quelque cent mètres plus haut, une bifurcation si large que je m'étonne de ne pas l'avoir remarquée tout à l'heure. Malheureusement, elle ne tarde pas à m'abandonner aussi.

A plusieurs reprises je change ainsi de direction, je retourne en arrière, je repars dans un nouveau layon, mais de plus en plus j'ai le sentiment de m'être égaré; quand une éclaircie me fait avancer de dix pas, c'est pour me conduire plus sûrement au cœur de fourrés plus inextricables. Cependant, je ne me suis aventuré par-là que pour gagner du temps; Aimone doit être sur la petite grève; hier, déjà, elle s'est plainte du froid et j'ai peur qu'elle ne s'en aille sans m'attendre. Ou bien, voyant le ciel bouché, aura-t-elle renoncé à venir?

Un semblant de route s'amorce à gauche, mais où conduit-il? Si ce n'est pas là où je veux me rendre, plus j'irai vite et plus je m'éloignerai de mon but; d'un autre côté, quel que soit l'endroit où il mène, plus je ralentirai et moins j'aurai de chance d'arriver jamais quelque part. Comme je ne sais plus du tout où je suis, il se pourrait enfin que ce chemin soit le bon mais qu'il faille le prendre en sens contraire.

Au milieu de ces réflexions, je me retrouve devant la pierre tombale : décidément, je tourne en rond. Après avoir encore marché, au hasard, dans un fouillis de plus en plus enchevêtré de branches qui m'écorchent la figure et de troncs qui me barrent le passage, je m'arrête, renonçant à poursuivre la lutte. J'avais pensé venir à bout sans mal de cette traversée. Sans doute la forêt s'est-elle refermée sur moi.

12

La saison de pêche est finie; déjà nos barques, tirées à terre, attendent qu'on les mette à l'abri jusqu'à l'année prochaine. Aujourd'hui, Guilhem et Guiraut ont fait encore une courte sortie, mais ils n'ont pas rapporté de poisson; demain, personne ne prendra la mer.

Depuis hier, il tombe une petite pluie fine et persistante qui semble s'être donné pour tâche de rattraper les mois perdus; mais elle n'y met pas de hâte excessive, elle est dans son domaine, elle mettra le temps qu'il faudra, une semaine, deux semaines, et bientôt des fossés d'eau stagnante borderont à nouveau les chemins, et s'il faut trois semaines pour que le sol s'imprègne bien en profondeur, elle les prendra, la tenace, la fidèle, la petite pluie sur qui l'on peut toujours compter; elle est d'avance sûre du résultat, le travail sera fait dans les règles.

Alors le pays reprendra vite ses vraies couleurs, celles que nous avons de toute éternité connues, et que nous aimons parce que ce sont les nôtres. Quelques jours encore et nous ne pourrons plus franchir les marécages qu'en suivant les passes repérées; ce matin déjà, quand je suis allé chercher de la tourbe, j'ai vu les anciennes fosses plus qu'à demi remplies d'eau noire et, entre elles, le terrain était redevenu spongieux. Je n'oserai plus, désormais, m'écarter des voies reconnues; souvent des moutons se sont perdus dans les marais, et jamais on n'a retrouvé leurs traces; on cite aussi des hommes imprudents qui ont connu sans doute un sort identique.

Il pleut depuis deux jours seulement et c'est comme s'il n'avait jamais cessé de pleuvoir. Une à une, avec les belles journées, sont parties les sirènes; mais qui d'entre nous les regrette, maintenant que le soleil a cessé de briller? Il reste pour nous occuper les mille petits travaux qu'il faut finir avant l'hiver : pas de gros ouvrage certes, il n'y a jamais de gros ouvrage dans notre île, rentrer la provision de tourbe, préserver le mieux possible de l'humidité tout ce qui risque de se gâter dehors, faire aussi les menues réparations que nécessitent nos toits de chaume, et peut-être quelques labours aux champs avant que la terre n'en soit tout à fait détrempée; il n'y a pas là de quoi tuer un homme, c'est dans une certaine mesure une distraction plutôt qu'un travail.

Il pleut et l'aspect même de cette petite pluie empêche de penser qu'elle puisse avoir commencement ni fin. Elle est si légère qu'on la remarque à peine; nous y sommes tellement habitués que parfois, sans y prendre garde, nous sortons en négligeant d'emporter nos vêtements imperméables; ensuite, lorsque nous rentrons, nous découvrons qu'elle nous a mouillés jusqu'aux os, alors que nous en avions oublié l'existence. Elle semble d'ailleurs faire intimement partie de l'air qui nous entoure, nous la respirons, nous la mangeons, nous la buvons; nous vivons une petite pluie fine qui n'a ni forme ni consistance et qui ne fait aucun bruit.

C'est ce climat qui use nos forces, c'est ce temps qui cause à la longue notre mort. Nous habitons une île brumeuse à l'excès où l'on ne voit le ciel que quelques jours par an. Il n'y a pas même de véritable averse, c'est du brouillard plutôt – du « crachin », disons-nous – qui sature l'atmosphère au lieu de tomber franchement; ses gouttelettes minuscules tissent autour de nous leur étoffe grisâtre dont la trame est parfois si serrée qu'elle nous aveugle et nous étouffe; le vent, qui n'est jamais très violent sur nos côtes, en promène interminablement les voiles, comme d'un linceul dont il apprêterait les plis.

Quelquefois, nous recherchons la cause de ces brumes et certains disent que c'est nous-mêmes qui en serions responsables; ils accusent les moulins que nous avons construits pour moudre notre seigle d'arrêter au vol et de retenir, accrochés dans leurs ailes de bois, les nuages qui ne feraient autrement que passer; mais à dire vrai cela semble bien improbable que de si petits moulins arrivent à arrêter tant de brouillard. D'autres pensent que peut-être nous avons tort de conserver une telle surface de marécages et que, si nous arrivions à les assécher au moins partiellement, en drainant leur eau vers la mer, l'évaporation diminuerait d'autant et les chances de pluie seraient plus faibles; cependant, la chaleur n'est pas ici tellement forte qu'elle puisse produire des vapeurs si considérables, et il serait de toute façon anormal que celles-ci se condensent à mesure, sur place, au lieu d'être entraînées loin de nous par les brises marines.

Il est plus probable que nous n'y pouvons rien; le

climat de cette île est humide, et ce n'est pas nos moulins ni nos tourbières qui en sont l'origine, ni notre travail qui y changerait quoi que ce soit.

Nous sommes confinés dans une terre perdue, éloignée de tout continent, dépourvue de port et de digue, où nul navire ne vient jamais faire escale. Ce n'est pas qu'une mer déchaînée nous entoure, ou que des courants dangereux nous isolent des eaux fréquentées; ces côtes sont au contraire calmes et sûres et peu de tempêtes, même en hiver, en troublent la sérénité; aussi bien, nous pourrions bâtir une jetée qui permette aux vaisseaux petits et moyens de mouiller tranquillement dans notre baie, mais, outre que la visibilité y demeure constamment trop faible pour écarter tout risque de naufrage, que viendraient-ils donc faire chez nous?

Depuis les temps les plus anciens, nos pères n'ont connu ni invasion ni conquête : cette île ne produit que le peu de vivres qui suffit à son petit village, aucun étranger ne peut souhaiter la visiter ni l'asservir.

Bien que notre pays ne soit pas grand, nous ne manquerions pas, à la lumière, d'y distinguer des éléments topographiques, mais les landes du midi, les falaises de l'est, les dunes du couchant et jusqu'au désert de la pointe nord où se dresse une tour abandonnée, tout est noyé dans une brume cotonneuse où se confondent le sable et la pierre; elle est souvent si dense que nous n'osons faire un pas dehors; nous restons ainsi de longs jours enfermés, de peur de nous perdre, alors elle nous poursuit dans nos demeures; pénétrant par la plus petite fissure, elle remplit nos chambres, puis nos poumons, notre tête, notre corps entier qui n'est plus à la fin que brumes.

Un de ces matins-là, Boris trouva sous sa porte une lettre, cela l'étonna car il n'en recevait guère. Les caractères irréguliers et maladroits de la suscription ne le renseignèrent pas sur l'identité de son expéditeur; après l'avoir retournée en tous sens, il se décida quand même à l'ouvrir. Elle était de Thomas, son camarade de bureau, qu'il n'avait pas revu depuis l'accident.

Il s'était remis très lentement et semblait souffrir encore d'une certaine dépression mentale qui l'empêchait évidemment de reprendre son poste de calculateur. Il s'en inquiétait et, croyant que Boris travaillait toujours régulièrement, il s'informait auprès de lui des affaires de l'atelier, demandant en particulier si son absence prolongée n'en compromettait pas le bon fonctionnement. Boris fut surpris de ce zèle, car Thomas était en général plus disposé que lui à rire de leur tâche commune; pourtant, il paraissait maintenant craindre que la « marche du service » ne fût « entravée » par sa maladie, allant même jusqu'à écrire que peut-être l'atelier Z, privé de contrôle, avait dû cesser ses fabrications. S'il avait su que Boris non plus n'allait pas au bureau, il se serait sans doute fait du souci pour l'économie du pays tout entier. Il pressait justement son collègue d' « abattre », en attendant son propre retour, le plus de travail possible, sinon le travail de deux personnes, ce qu'il estimait difficile. Il se reprochait d'avoir souvent perdu son temps à rêver en fumant, ou à discuter de problèmes futiles; mais il était rassuré, de ce point de vue : Boris, désormais seul, ne se laissait plus détourner de son devoir par la présence d'autrui, qui « quoi qu'on en dise, constitue toujours une gêne ».

« A moins, poursuivait-il, qu'on ait jugé indispensable de me remplacer provisoirement et j'espère, dans ce cas, qu'on n'est pas allé choisir un de ces jeunes gens qui prennent tout à la légère; je sais d'ailleurs que vous auriez vous-même à cœur de le remettre dans le droit chemin, etc., accomplir cette tâche ingrate sans se soucier du qu'en-dira-t-on », etc., etc. Il y en avait huit pages.

Boris pensa d'abord que le choc subi par Thomas avait dû lui déranger le sens, mais il reprit la lettre et l'agacement remplaça la pitié; il laissa la seconde lecture inachevée et, peu à peu, une sorte de remords pénétra son esprit : n'était-il pas lui-même un de ces jeunes écervelés dont parlait Thomas et ne se sentait-il pas trop disposé à donner l'écho aux sarcasmes? La lettre semblait en définitive contenir des reproches précis, comme si l'autre était au courant de sa désertion.

De toute façon, s'il n'avait rien de mieux à faire, il pouvait aussi bien retourner à l'usine.

Vers le soir, il entreprit de ranger sa chambre, les tiroirs principalement, qui contenaient toutes sortes de papiers et de menus objets dans un grand désordre.

Il y avait surtout des cartes postales expédiées par des gens perdus de vue depuis longtemps et faisant allusion à des événements oubliés. Il traînait aussi, parmi des prospectus touristiques, des fragments indéfinissables qui devaient être des souvenirs, mais il ne savait pas des souvenirs de quoi : morceaux de fleurs rendus méconnaissables par le temps, cailloux de forme banale, ternes et venant on ne sait d'où, une étoile de mer séchée, un petit anneau de métal gris trop étroit pour avoir jamais servi de bague.

Bientôt il y eut un grand tas de ces épaves au milieu de la pièce et Boris se demanda ce qu'il allait en faire; il le contemplait sans tristesse, sans aucune autre émotion; il aurait simplement aimé savoir combien d'années de sa vie cela représentait; il essaya vaguement de le calculer, mais les points de repère manquaient de précision, et puis ça n'avait pas d'importance.

Il s'assit sur le lit et plongea le bras dans la masse, tirant au hasard une feuille, lisant une ligne, regardant un instant une image : en somme, c'était de cette façon-là qu'il aurait vécu. La petite bague de nouveau lui tomba sous la main, elle était un peu usée, comme si un doigt minuscule l'eût portée quelque temps, pourtant ce n'était probablement pas une bague; il ne se rappelait plus.

Il pensa que Laura lui avait toujours reproché son manque de mémoire : elle se mettait souvent en colère pour de petites choses dont il avouait ne pas se souvenir.

Un balayeur public était en train de mettre nonchalamment les feuilles en tas, mais, pendant qu'il en ramenait une, une autre s'échappait et d'autres encore tombaient des arbres; Boris leva les yeux vers les branches dénudées : il n'y en avait plus que pour quelques jours, et les petits chariots électriques pourraient passer pour faire définitivement place nette; un trottoir n'est pas fait pour être jonché de feuilles. Il en prit une distraitement et la rejeta aussitôt, elle décrivit en l'air deux ou trois boucles avant de toucher le sol. Qu'allait-il faire de tout ce tas : s'il hésitait à s'en débarrasser, c'est parce qu'il ne possédait rien d'autre.

Il ramassa une nouvelle feuille et lut encore quelques phrases; cette fois, une courte éclaircie s'opéra : une jeune femme qu'il avait connue jadis pendant des vacances au bord de la mer... C'était une très vieille histoire. La dernière étagère en haut du placard était à peu près vide, il grimpa sur une chaise et commença d'y empiler tout ce fatras.

Vers la fin du mois de septembre, le roi tomba malade et Boris, comme ses concitoyens, put suivre dans la presse, au milieu des autres faits divers, les variations de sa santé. Son état ne paraissait pas très grave : une simple fièvre qui le retenait à la chambre et dont justement c'était là toute l'importance, car elle l'empêchait ainsi de tenir son rôle dans les manifestations officielles.

C'est un samedi matin que la nouvelle fut annoncée : légèrement souffrant, le souverain ne pourrait présider, le lendemain, la reconsécration de la cathédrale de Retz dont les travaux de restauration venaient d'être achevés.

Le Parti, qui comptait sur cette importante cérémonie pour sa propagande électorale, avait annoncé longtemps à l'avance le programme grandiose de la journée : une armée d'autocars devaient transporter sur place trente mille fidèles pour écouter l'allocution royale et recevoir la bénédiction du clergé; ensuite, après divers discours, les réjouissances se prolongeraient jusqu'au soir, et rien n'avait été épargné pour en faire une réussite populaire en même temps qu'une démonstration politique.

A voir les choses froidement, elles ne justifiaient pas tant de tapage, car la vieille basilique n'était pas en très mauvais état : seuls des dommages superficiels empêchaient d'y célébrer le culte; portes arrachées, vitraux détruits, boiseries intérieures délabrées lui conféraient facilement l'apparence d'une ruine, alors que tout l'édifice tenait solidement debout. C'est d'ailleurs, jointe à la proximité de la capitale, la raison qui avait décidé de son choix pour l'illustration des fameux « grands travaux ».

Des centaines d'ouvriers munis d'un matériel puissant avaient remplacé le menuisier local qui, avec ses deux aides, y accomplissait depuis des années une besogne épisodique et lente; en moins d'un mois, tout se trouvait terminé. Quelques critiques d'art grincheux avaient bien entendu crié au scandale, mais l'Eglise considérait le résultat comme admirable.

La défaillance du roi, qui survenait si mal à propos, produisit un certain flottement dans les commentaires de la presse : pour les uns, la manifestation aurait lieu comme prévu, que le roi pût ou non y assister; d'autres estimaient sa maladie assez grave pour qu'en signe de tristesse nationale on supprimât toute pompe; pour d'autres enfin, l'inauguration était purement et simplement remise à plus tard. C'est dans la soirée seulement que la radio communiqua la version officielle : effectivement, le roi n'allait pas mieux mais, devant l'importance de la cérémonie, il avait demandé personnellement qu'on la célébrât sans attendre avec tout l'éclat désirable; peut-être cependant la fête serait-elle légèrement écourtée, étant donné les circonstances.

Malheureusement, même pour ceux que cette information toucha, un doute subsistait, vu la qualité des personnages qui avaient dans la journée donné des avis contraires.

Le dimanche, au petit jour, il se mit à pleuvoir, contre toute attente, et la pluie tombait encore à midi, dans un ciel bouché qui ne laissait guère d'espoir. A une heure, les voitures ne recueillirent pas mille personnes; parmi les officiels eux-mêmes, il manquait beaucoup de ministres qui avaient craint de prendre froid. Les allocutions eurent lieu, suivant le plan, sur la place du parvis; la pluie n'était pas très violente, cependant la plupart des discours furent expédiés en hâte et tout le monde se réfugia au plus vite à l'intérieur de la cathédrale. Là, une surprise désagréable vint doucher l'optimisme des plus convaincus : il y tombait presque autant d'eau qu'au-dehors; des avaries minimes mais nombreuses, passées inaperçues dans la précipitation des travaux, se révélaient maintenant à l'usage. Ce n'était sans doute pas grand-chose, mais l'impression produite fut désastreuse. Des plaisanteries égayèrent bientôt la consternation générale et, du moment qu'on se permettait de critiquer la toiture, on pouvait bien s'attaquer au reste : les ornements sculptés étaient loin naturellement de valoir ceux d'autrefois, les vitraux criaient de mauvais goût, les tableaux sentaient la grande série.

Boris, qui n'avait pas quitté la ville, perçut ce changement d'atmosphère dans les articles embarrassés ou parfois manifestement ironiques des journaux du soir. Il errait à travers les rues, parmi les feuilles des platanes qui luisaient sur le sol gras; l'eau ravivait leurs tons verts, jaunes et rouille d'un éclat fragile, le reste du paysage n'était que grisaille et incertitude.

Il ramassa une feuille et suivit, le long de ses échancrures, le sable qui bordait la mer; l'eau était si calme qu'on entendait le bruit des gouttes à sa surface. Alentour, on ne pouvait pas voir très loin : il n'y avait déjà plus assez de lumière.

A la nuit tombée, il rencontra Laura qui rentrait de Retz et paraissait abattue; il la questionna sur cet air sombre qu'on lui voyait rarement; elle ne répondit pas de façon directe et se lança dans des raisonnements qu'il ne comprit pas bien : elle semblait ne tenir en grande estime ni la monarchie ni l'automne, et, puisque les masses montraient si peu de foi, on allait devoir les faire marcher par d'autres moyens.

De jour en jour la brume paraît s'épaissir; déjà nous n'y voyons plus qu'à un pas de nous, sinon par instant dans les échappées de quelques mètres qui trouent sa continuité.

Il est bien rare, de cette façon, que nous puissions apercevoir une chose dans son intégrité : par les fentes du rideau, nous voyons surgir tout à coup la tête d'un mouton ou bien l'extrémité de l'aile d'un moulin, mais jamais le moulin tout entier ou le mouton depuis ses pattes jusqu'à ses oreilles; et, si nous rencontrons les branches d'un buisson, nous n'arrivons pas même à les suivre des yeux jusqu'au tronc qui les porte, ce sont au contraire pour nous des branches suspendues en l'air, des branches flottantes qu'aucun lien visible ne rattache au sol. Seuls des êtres très réduits parviennent à nous donner une vue parfaite, quoique voilée, de leur ensemble; les hirondelles de mer, par exemple, sont d'assez petite taille pour que parfois nous en surprenions une complète dans un trou du brouillard; encore est-elle le plus souvent peu nette de contours et, dans tous les cas, isolée : il n'est pas question de savoir ni d'où elle vient, ni où elle va, nous n'avons droit qu'à ce petit moment de son vol, à ce petit instant de sa vie, sans passé comme sans avenir. Peut-être vole-t-elle d'un toit vers un rocher, ou bien accomplit-elle un trajet de plus longue haleine; nous n'en savons rien. Aussi ne possédons-nous qu'une idée très fragmentaire des choses qui nous entourent.

Les grèves de l'ouest sont probablement immenses, car on peut y marcher pendant des heures et des heures sans en atteindre la fin, pourtant nous n'en découvrons jamais que les quelques pouces de sable gris et terne que nous foulons. Le long des falaises, nous n'osons même pas nous aventurer : nous aurions si vite fait, au sein de notre aveuglement, de mettre le pied dans le vide en croyant être encore sur de la roche ferme. Les côtes basses non plus ne sont pas sans danger, car l'humidité de l'air est si grande qu'il nous arrive d'y pénétrer insensiblement dans l'eau sans nous en rendre compte; la brume opaque et dense nous rend la mer indiscernable au contact, comme elle en étouffe la rumeur et en masque la vue; un à un, ses caractères propres s'estompent. Ce n'est alors qu'à la respiration plus douloureuse que nous la sentons envahir nos poitrines, et nous retournons en arrière, quand nous en avons le courage...

Quelquefois, des hommes du village sont ainsi partis pour une course d'à peine une heure, et n'en sont jamais rentrés; mais peut-être errent-ils encore à travers l'île, hors des chemins connus, perdus dans le brouillard et la nuit.

13

Boris ouvrit la porte et se trouva face à face avec deux policiers en uniformes noirs et casquettes plates. Ils restèrent un moment à le considérer avec attention, puis, sans détourner la tête, le plus âgé dit au second :

« C'est bien lui, pas d'hésitation.

– Alors on l'emmène », répondit le plus jeune.

Boris se demanda s'ils étaient là depuis longtemps, à l'attendre sur le palier, ou bien s'ils venaient d'arriver lorsque lui-même était sorti. Il ne dit rien, puisque les autres ne lui adressaient pas la parole mais, quand il eut refermé la porte, l'ancien l'écarta d'un geste et, après s'être assuré que la serrure fonctionnait bien, empocha la clé; Boris nota seulement qu'il devrait la lui réclamer plus tard. Tous trois descendirent l'escalier.

Boris était un peu ennuyé d'avoir à passer devant la concierge en pareil équipage; les couloirs manquaient heureusement de lumière; et puis, il pourrait toujours prétendre que ces hommes étaient des amis. Ils descendaient déjà depuis quelque temps, tenant la rampe à cause de l'obscurité et tâtant avec soin chacune des marches; celles-ci devenaient en effet très malcommodes : hautes et irrégulières, descellées pour la plupart et partiellement brisées par endroit; il arrivait même que l'une d'elles fasse tout à fait défaut, il fallait alors opérer un véritable saut dans le noir, ce qui présentait de gros risques. Le second policier fit un faux pas et jura sourdement, le sac presque aussi grand que lui qu'il portait sur le dos le gênait de façon considérable; Boris fut sur le point de lui proposer son aide, mais personne ne lui avait encore parlé et, somme toute, il ne les connaissait pas.

D'ailleurs, après un brusque coude, ils se retrouvèrent dehors, sur la lande. Ils firent une pause, mais n'ouvrirent pas la bouche; celui qui tenait le sac arriva le dernier et, en soufflant, déposa sa charge à terre : c'était un fourreau de toile blanche – un drap cousu, probablement – à peu près de la taille d'un homme. Boris leva les yeux vers les créneaux de la tour et aperçut quatre ou cinq corbeaux qui le regardaient, la tête légèrement inclinée sur le côté; ils devaient être très gros pour qu'on les distinguât si bien à une pareille hauteur.

« Allons, dit le plus âgé, il faut y aller, maintenant. » Et il s'engagea dans le sentier, Boris lui emboîta le pas, l'autre suivait derrière avec le sac. Il faisait chaud; en se retournant, Boris vit le policier s'essuyer le front sous sa casquette; il allait, pour engager la conversation, lui demander ce qu'il portait là, qui paraissait si lourd, quand l'homme lui cria d'un air maussade : « Vous ne pouviez pas le laisser tranquille? Qu'est-ce qu'il vous avait donc fait? »

Celui qui marchait en tête s'arrêta aussi et chercha plus aimablement à se renseigner : « C'était un drôle de type, hein? Qu'est-ce qu'il pouvait bien fabriquer là-haut toute la journée? » Boris répondit qu'il ne savait pas, et ils se remirent en route; le jeune chargea le sac sur ses épaules en maugréant : « Ça va faire un tas d'histoires, parce que c'était un étranger; vous, bien sûr, ça vous est égal. » Bientôt il fit halte à nouveau, déclarant d'un air excédé à Boris : « Eh bien, puisque vous avez trouvé drôle de le tuer, vous n'avez qu'à le porter à présent! » Et il lui passa son fardeau.

« Ça va? interrogea le plus vieux.

– Ça va! » répondit Boris, mais il avançait péniblement, fléchissant sous le poids et trébuchant dans les gravats qui encombraient le sentier. Les deux gendarmes, marchant d'un pas plus allègre, prenaient rapidement de l'avance. Ils regardèrent une ou deux fois en arrière pour lui enjoindre de se dépêcher : ils riaient et semblaient se moquer de lui. Le chien noir, qui s'était échappé vers un trou d'ordures, revint l'encourager de ses aboiements.

Ensuite, comme ses gardiens avaient disparu derrière un échafaudage, Boris s'arrêta et, sans hésiter, balança le corps d'un geste vigoureux entre un tas de ferrailles et une vieille baraque en tôle; il y eut un bruit de métal rouillé qui s'effondre, le chien alla flairer les alentours, puis partit comme une flèche dans la direction qu'avaient prise les autres. Après avoir regardé à droite et à gauche, pour s'assurer que tout était en ordre, Boris se décida à quitter les lieux.

Lorsqu'il ouvrit la porte, il vit deux sergents de ville qui montaient d'un pas pesant; il sortit et tourna sa clé dans la serrure; les deux hommes continuèrent avec lenteur à gravir les marches vers le palier suivant. Boris remit la clé dans sa poche et descendit.

Devant la loge, il aperçut la concierge qui le salua d'une phrase amicale dont il ne comprit pas bien le sens; comme il avait néanmoins reconnu le mot « travail », il s'exclama d'un air à la fois content et résigné : « Il faut bien! » et il s'éloigna vers la station de tramway.

Il y avait beaucoup de monde, comme d'habitude, des ouvriers et des employés pour la plupart; quelques-uns arboraient l'insigne vert de l'Eglise. Dans la voiture, un groupe commentait la réunion manquée de la veille, chacun racontait en détail les raisons qui l'avaient retenu chez lui; mais quelqu'un déclara soudain que « tout ça c'étaient des momeries » et les autres se turent, ne discernant pas bien s'il parlait de la manifestation ou des prétextes qu'on avait pris pour ne pas y participer.

Boris considérait la boutique du charbonnier devant laquelle s'était arrêté le tram : il y avait en montre deux petites coupes de verre garnies chacune de cinq ou six morceaux de charbon, exposés comme des fruits précieux; il connaissait cette vitrine par cœur, la rencontrant chaque jour, matin et soir, et n'y prêtait plus aucune attention. Il se répétait machinalement les derniers mots qu'il venait de saisir : « C'est des momeries », c'est des momeries...

Et puis, il y eut un trou.

Boris émergea, dix bonnes minutes plus loin, au milieu des maisons plates et sombres du faubourg; la première chose que sa conscience contrôla pleinement fut la phrase : « C'est des momeries », qui repassa plusieurs fois encore dans sa tête, mais il douta de l'avoir répétée ainsi pendant tout ce temps. De plus en plus, il se rendait compte de ne pas bien suivre ce qui se passait autour de lui. Il se sentait fatigué; et cependant il venait de se reposer plusieurs jours.

Les façades lugubres défilaient de chaque côté, avec leurs fenêtres étroites comme des meurtrières, où des visages s'allongeaient derrière les vitres sales entre deux mains grises appliquées aux carreaux.

Comme le tramway ralentissait pour prendre le tournant, Boris se laissa glisser sans attendre l'arrêt; mais, ayant mal calculé son saut, il n'évita que de justesse une chute complète; durant quelques secondes il éprouva la sensation pénible de tomber dans le vide, puis un flot de chaleur se répandit dans tout son corps tandis qu'il reprenait son équilibre. Il atteignit la grande porte en même temps que ceux qui étaient descendus à la station : il n'avait rien gagné à vouloir aller plus vite.

Une nouvelle angoisse l'envahit : il avait oublié son laissez-passer! Il se mit à réfléchir le plus rapidement qu'il put, au cours des quelques pas qui le séparaient encore du contrôle. S'il restait faire l'inventaire de toutes ses poches, il avait évidemment une petite chance de mettre la main sur la carte, quoiqu'il se souvînt de ne pas l'avoir portée sur soi au cours des derniers jours. D'un autre côté, s'il s'attardait à des recherches infructueuses, il se trouverait bientôt isolé sous l'œil attentif du portier, perdant ainsi la possibilité de passer inaperçu dans la bousculade, au milieu de la fournée qui sortait des mêmes voitures que lui. Quant à l'inconvénient de cette dernière solution, il était évident : agissant dès le début comme s'il savait ne pas posséder la carte, il ne pouvait, une fois repéré, feindre l'étonnement de l'avoir oubliée par mégarde.

La pensée ne va pas bien vite : avant d'avoir pris une décision quelconque, il était passé, sans presque s'en rendre compte; parvenu dans la grande allée, il fouilla distraitement dans sa poche : le laissez-passer était là.

L'odeur d'huile chaude le saisit à la gorge dès le seuil de l'atelier; dans le hall, le bruit des machines était assourdissant. L'horloge pointeuse marquait huit heures vingt-huit, il se hâta vers le fichier mural pour y prendre sa feuille de présence – huit heures vingt-neuf –, celle-ci n'était pas à sa place alphabétique, il dut la chercher à travers tout le tableau, mais il ne la trouvait toujours pas. En vain, il inspecta plusieurs fois la série complète des fiches; comme, pressé par l'heure, il ne le faisait pas assez posément, il gardait continuellement l'impression d'avoir pu laisser passer la sienne – huit heures trente –, si dans moins d'une minute il ne l'avait pas découverte, le pointage enregistrerait un retard. Encore une fois, il passa la revue des noms : Abba, Acer, Acimin... tous étaient en bon ordre, mais le sien manquait – huit heures trente et une –, il se retourna découragé : l'étudiant Red était là qui le regardait, sanglé dans une sorte de tenue de chasse et tenant en laisse son énorme chien. Boris allait s'adresser à lui, en désespoir de cause, quoiqu'il ne fût pas de cette section ni d'aucune autre à sa connaissance, quand le jeune homme lui dit très naturellement :

« On a enlevé votre feuille, puisque vous ne veniez plus : on vous croyait mort. D'ailleurs, ajouta-t-il, ça n'a pas d'importance : si vous êtes là, vous n'avez qu'à monter. »

Boris le suivit dans l'escalier. Le long de la galerie vitrée, il fut pris de vertige, tant celle-ci surplombait de haut les machines : l'atelier était immense et si bas, si lointain, qu'il n'en arrivait plus qu'un bourdonnement vague et menaçant, dans une lumière bleutée; pour échapper à ce malaise, il pénétra vivement dans son bureau.

L'étudiant alla directement s'asseoir à la table, le chien noir se posta en face de lui, à la place de Thomas; dressé sur la chaise, ses oreilles touchaient presque le plafond. Il n'y avait plus de siège pour Boris, qui resta donc debout dans le coin de la porte, tandis que Red manœuvrait à une vitesse inimaginable la vieille multiplicatrice, au risque d'achever sa destruction; de l'autre main, il alignait d'impressionnantes colonnes de chiffres, sans jamais consulter le voyant de la machine. Il commettait sans doute des erreurs dans ses calculs, des erreurs considérables même, et Boris sentait croître une gêne confuse, dont il ne discernait pas la cause exacte mais qui devint vite intolérable; il tenta de s'interposer d'un geste de la main. Le chien noir, qui paraissait avoir encore grandi, se penchait maintenant au-dessus de la table en ouvrant une bouche inquiétante, garnie de crocs démesurés. Boris retira son bras et dit seulement : « Thomas en ferait une maladie. » Puis il prit le parti de sortir.

De l'autre côté de la porte l'attendaient les deux policiers à casquette plate. Il s'avança sans aucune gêne et découvrit une assemblée assez nombreuse dont les visages prirent à son approche une expression bienveillante. Il y avait là beaucoup de gens de connaissance : Arnaud, Vincent, Maur, Guilhem, Thomas, ainsi que tous les autres. Les débats étaient calmes et discrets; chacun prenait la parole à son tour, sans se lever, ni hausser la voix plus qu'il n'était nécessaire; une sorte de greffier écrivait à mesure ce qui semblait être des dépositions.

Quand Boris lui demanda si c'était un jugement, son voisin lui répondit que non, évidemment, puisque personne ici n'avait qualité pour le condamner. Tous cependant voulaient établir la préméditation, du moins ce qu'ils savaient de l'histoire tendait, affirmaient-ils, à la prouver : les promenades suspectes, l'achat de la photographie et même une phrase de menace prononcée au cours d'un repas. « Il ne peut s'agir de hasard », répétaient-ils l'un après l'autre; mais il y avait là sans doute quelque complaisance de leur part et ils étaient bien obligés de reconnaître l'existence de faits plus ambigus.

Il y eut un silence et le faux greffier, courbé sur son livre, leva la tête; il regarda les figures à la ronde et dit : « Est-ce que j'inscris *Coupable*? » Les autres se récrièrent confusément : non, personne ne disait cela!

Boris protesta, pour la forme. « Le sac pourtant est là comme preuve », fit-il en désignant l'objet qu'il avait eu tant de mal à porter. Les témoins se penchèrent dessus, ceux qui étaient trop loin s'approchèrent pour le voir de plus près. « Un sac, dit quelqu'un, ça ne prouve pas grand-chose », et c'était en somme l'opinion générale; on lui conseilla de montrer d'autres pièces, mais il savait bien n'en avoir pas gardé; par conséquent, il n'insista pas.

Le vieux policier lui toucha le bras avec bienveillance : « Eh bien, dans ces conditions, vous êtes tout à fait libre. »

« Il a fait très chaud cet été », dit une voix dans la

salle; il n'était plus question de lui, son affaire se trouvait donc classée : il était innocent.

Une fois dehors, il se retourna et vit au-dessus de lui la haute muraille aveugle du Magasin Huit; il était content, en tout cas, de savoir ce qu'il y avait derrière ce mur. Il soupçonnait depuis longtemps que ce n'était pas un vrai magasin; il aurait quand même dû mieux regarder à l'intérieur, il ne semblait pas y faire aussi sombre qu'on pouvait craindre; où donnaient donc les fenêtres?

Boris pensa qu'il reviendrait un autre jour pour se renseigner là-dessus; il reprit tranquillement son chemin à travers les dunes et les marais de la ville.

Le soir tard, il reçut un visiteur qu'il prit d'abord pour un représentant de commerce. Il s'apprêtait à l'éconduire, quand l'inconnu prétendit venir de la part de Laura; cependant, il ne le fit entrer qu'à regret, car l'homme n'avait pas l'air honnête.

A travers ses discours embrouillés, Boris finit par l'identifier comme un rabatteur de l'Eglise qui cherchait à acheter sa voix pour les élections prochaines; comme il s'étonnait de voir ce procédé encore en vigueur, l'autre exprima ouvertement sa satisfaction à ce sujet : en dernière analyse, les chefs avaient estimé que c'était plus sûr. Ainsi, rien n'était changé de l'ancien système, les prix eux-mêmes, disait-il, se trouvaient rétablis au niveau antérieur. Boris voulut aussi savoir pourquoi le Parti songeait à lui, du moment qu'il ne figurait pas sur les précédentes listes; il apprit alors qu'on l'avait signalé comme sans travail. Leur police était bien faite, à moins que Laura tout simplement n'ait donné son adresse. D'ailleurs, le renseignement était erroné : il allait de nouveau à l'usine.

Le démarcheur n'insista pas; il continua néanmoins à parler de son métier, auquel il semblait vraiment tenir. Personnellement, il n'avait jamais eu confiance dans les prétendues innovations des semaines écoulées; une partie de la haute direction, par bonheur, leur était toujours demeurée hostile, si bien que toute la vieille organisation avait été maintenue sur pied. Elle entrait donc en action de nouveau, mais ce n'était guère la peine, dans ces conditions, de recommencer si tôt des élections générales coûteuses et aléatoires, d'autant plus que, selon la Constitution républicaine, on ne devait procéder... Boris n'écoutait plus : il était incapable de fixer son esprit sur la ligne rapide et sinueuse d'une parole étrangère; pris de vertige, il perdait tout de suite pied et décrivait bientôt, de son côté, une courbe différente. Avec les journaux, c'était autre chose : le bavardage en restait aussi vain, mais l'ensemble des mots y étant déposé et rangé une fois pour toutes, on n'y éprouvait pas le même malaise.

En essayant d'arrêter le débit de son interlocuteur, il se laissa happer au vol par la courroie de transmission, qu'il dut suivre de force dans une position très incommode. La révolution de septembre n'avait été qu'une apparence : augmentés de quelques curieux, qui s'étaient mêlés aux troupes de choc par jeu ou par désœuvrement, les salariés du Parti avaient suffi à étoffer ces manifestations tumultueuses dont la nouveauté faisait illusion, mais où les spécialistes reconnaissaient leurs clients habituels; rien d'étonnant à cela : ceux qui vendaient leur suffrage à l'Eglise devaient en réalité être considérés comme ses partisans sincères; le prix fixe une fois établi, il fallait bien en effet qu'une autre raison décidât de leur choix. Les choses n'étaient pas si simples, surtout en république... Au passage de la poulie, Boris décrocha.

Comme les petits caractères réguliers, maintenus

sagement entre les colonnes, étaient reposants comparés à ce flot ininterrompu; et puis l'odeur d'encre, et les majuscules où l'œil s'accrochait, et les phrases tranquilles dont on pouvait relire les membres dans n'importe quel ordre, aussi longtemps que l'on désirait, sans risquer de les voir se défaire; au lieu de ces assemblages fragiles et provisoires de mots venus on ne sait d'où, qui s'en allaient au fur et à mesure, éternels quoique fugitifs, à la fois perdus et irrévocables.

Après le départ de l'homme, ses mots restaient là dans la chambre, traînant à l'abandon, et Boris ne savait pas comment s'en débarrasser; du moins étaient-ils plus manœuvrables sous cette forme.

Donc, « il n'y avait rien de changé ». Il était tombé beaucoup de pluie ce dimanche-là; le climat de ce pays était sans doute trop humide pour que ses habitants s'intéressent à la politique, les gens n'avaient le temps de se soucier que d'imperméables et de chapeaux en toile cirée : tout autre problème, devant celui-là, perdait son importance. Les airs désabusés de Laura s'expliquaient, ainsi que les plaintes sur le peu de fermeté de ses concitoyens : il ne lui restait plus, disait-elle, qu'à s'en aller chercher fortune ailleurs, puisqu'on ne pouvait « rien faire ici ». Pour cela, Boris était d'accord, mais elle avait ajouté : « surtout depuis la mort du roi » et ce dernier point ne lui semblait pas convaincant, le roi n'étant pas mort du tout.

En fin de compte, plus décisif que sa maladie, il y avait eu le mauvais temps. Même si le roi était mort, personne n'en étant responsable, à quoi cela avançait-il? (Des gens avaient tiré en l'air, on ne savait pas qui.) De toute façon, il y aurait eu la succession héréditaire.

Vers la fin d'un jour clair, le dernier peut-être, au croisement de deux grand-routes, plates et droites. L'une d'elles est bordée, sur un seul côté, par de jeunes peupliers en fuseaux, maigres, raides et sans une feuille. Presque exactement dans son prolongement commence à disparaître un soleil pâle dont les rayons rasent la plaine d'un éclat chancelant. L'autre voie coupe celle-ci à la perpendiculaire, au milieu des terres grasses fraîchement retournées par la charrue, qui s'étendent de toutes parts. Un des angles est occupé par un hangar, vaste et bas, en bois goudronné, avec un toit de tôle neuve...

« Ce pays n'est pas mis en valeur : des milliers et des milliers de kilomètres carrés sont isolés par le mauvais état, ou la carence complète, des voies de communication; le commerce et l'industrie ne peuvent y pénétrer, des richesses inexploitées s'y perdent. Peut-être même ces contrées-là sont-elles plus riches et plus vastes que nous ne croyons. C'est de routes que nous avons besoin, elles sont notre seule chance de salut. »

Un gros camion arrive le long des peupliers, ralentit au croisement et s'arrête en face du hangar. Sur le bord de la route, un homme en tenue militaire ajustée est assis devant une petite table; deux autres sont debout près de lui. Par l'arrière du camion on aperçoit des visages sévères, comme harassés de fatigue et d'insomnie. De l'avant descend un homme, également en uniforme, qui se dirige vers la table et présente un papier; celui qui est assis l'examine une minute et y appose un cachet, puis il inscrit quelque chose sur un registre.

Ils n'ont pas échangé une parole; on n'entend que le bruit du moteur qui continue à tourner. L'autre, après avoir repris la feuille de route, retourne à son camion, qui démarre dès qu'il est monté. Et, tout de suite après, un second camion exactement semblable au premier, avec les mêmes visages tendus et muets, vient se ranger au même endroit et la même scène rapide et stricte se déroule.

Un troisième camion aussitôt lui succède, puis un autre, un autre encore, qui s'en vont un à un vers le couchant. Il semble que le mouvement s'accélère, car l'on est assourdi maintenant par le roulement continu du convoi.

Le soleil a disparu à l'horizon, déjà on ne distingue plus bien le visage exténué des hommes; bientôt il va falloir allumer les phares.

14

Autour de nous, le brouillard s'accumule, chaque jour un peu plus épais, un peu plus lourd, un peu plus impénétrable. Finis les lambeaux flottants percés de clairières, le voile grisâtre où les contours perdaient leur fermeté, nous vivons désormais au sein d'une substance opaque et continue, qui nous étouffe insensiblement. Jamais encore nous ne nous sommes sentis écrasés par une telle masse, jamais nous n'avons si peu distingué ce qui nous environne; bientôt, me trouvant face à face avec mon meilleur ami, je ne reconnaîtrai plus ses traits.

Les sons également s'affaiblissent : déjà les cris des goélands, qui planent invisibles au-dessus de nos têtes, ne nous parviennent plus qu'amortis comme par une couche de feutre. Marc, hier, m'appelait à quelques pas de moi et je n'arrivais même pas à déterminer d'où venait cette voix que je percevais à peine : j'ai crié aussi, de toutes mes forces, mais pendant plusieurs heures nous avons tourné en rond sans pouvoir nous joindre, et quand enfin nous nous sommes retrouvés, par hasard, nous étions si fatigués l'un et l'autre que nous ne savions plus ce que nous avions désiré nous dire; nous nous sommes séparés tout de suite.

Malgré leur instinct, les bêtes elles-mêmes perdent pied : il n'est pas de semaine où quelques moutons ne s'égarent à l'intérieur des grands enclos; on entend parfois dans le brouillard leurs bêlements lamentables qui répondent, lointains et mourants, à ceux du troupeau tant regretté.

On ne saurait dire combien cette atmosphère est oppressante, à la longue : ces errements aveugles, ces appels, ces plaintes désespérées, et la perpétuelle nuit blanche qui nous retient prisonniers dans sa pâte, masquant notre corps à nos propres regards et absorbant le son de nos paroles. La vie finit par se ralentir; et l'air, plus riche en eau qu'en oxygène libre, nous fait peut-être moins de bien que de mal.

La plupart du temps, nous restons enfermés dans nos demeures. L'humidité, bien sûr, y pénètre et le peu de feu que nous pouvons faire est bien incapable d'en venir à bout; mais, en tout cas, la brume y est moins dense : une vapeur légère seulement, qui doit rentrer par des fissures mal bouchées.

Cette existence confinée, qui nous paraît un moindre mal, est certes dépourvue de charme, car nos maisons sont pauvres à l'extrême; nous ne possédons rien, ou presque, pas de meuble superflu ni d'ornement d'aucune sorte, quelquefois même nous manquons du plus strict nécessaire. Les arbres pourrissant à mesure qu'ils poussent, il n'y a jamais assez de bois pour nous permettre autre chose qu'un ou deux tabourets, une petite table à la rigueur; si bien que nos chambres sont vides et nues. Cependant, comme elles ne sont pas non plus très grandes, nous souffrons à peine de cette absence de mobilier.

Il fait aussi très sombre chez nous, puisque nous avons obturé toutes les ouvertures, mais la petite lampe à huile qui brûle sans arrêt dans son coin nous est une consolation. On ne peut évidemment pas dire qu'elle nous illumine : à moins de se coller contre elle, on ne voit guère plus que s'il n'y avait rien; pourtant, si nous approchons la main assez près de la flamme, par-derrière, nous parvenons à éclairer nos doigts suffisamment pour en distinguer la forme; c'est un grand soutien, dans la nuit où nous vivons, que de regarder ainsi notre main. Il m'arrive souvent de rester des heures entières à contempler l'une des miennes.

En outre, cette maigre veilleuse nous sert comme point de repère pour nous orienter à travers la pièce : sachant dans quel endroit elle se trouve, nous dirigeons nos pas en nous guidant sur elle, tel un navire sur la lumière des phares.

L'éclat en est parfois si tremblant que nous avons peur de l'éteindre en nous déplaçant autour d'elle, mais nous prenons tant de précaution qu'il est bien rare de la voir mourir tout à fait, même quand l'un de nous est obligé d'ouvrir sa porte. Dans notre for intérieur, nous plaignons beaucoup Alban l'aveugle, qui ne possède pas ce réconfort; on dit que dans la brume il se débrouille mieux que nous, habitué à ne se reposer sur rien de visible, cependant nous préférons nos yeux inutiles et la mèche de nos petites lampes vacillantes. Nous veillons sur elle jour et nuit et, lorsque nous errons au-dehors, nous sommes encore soutenus par l'idée qu'elle reste allumée.

Tout à coup, je me trouve devant un obstacle que je n'avais pas vu venir. Je le distingue mal, bien qu'il soit maintenant tout contre moi; à tâtons, j'y porte les mains, cherchant à reconnaître sa nature exacte, mais je n'arrive à identifier aucun objet connu dans ces barres verticales, rondes semble-t-il et grosses comme deux doigts, solides, faites de métal sans doute et trop rapprochées pour que je puisse passer entre elles. Je reste là, sans bouger, attendant peut-être qu'elles se dissipent, et, peu à peu, je commence à me prendre en masse au cœur du brouillard.

Malgré la difficulté croissante que j'éprouve à me mouvoir, je parviens à faire demi-tour, alors qu'il en est encore temps.

A nouveau, je rencontre des barreaux qui me ferment le passage et je m'arrête, découragé. Je ne réussis plus à penser à rien, ni seulement à me rappeler où je suis, mais l'instinct de conservation me fait changer de route une fois de plus. Transi d'humidité, chancelant de fatigue, je ne peux même plus être certain que je marche toujours.

A intervalles de plus en plus courts, je me cogne le front contre une grille de fer.

Où me suis-je donc fourvoyé dans cette brume? Dans quel labyrinthe me suis-je engagé? Est-ce un simple parc à brebis, ou bien quelque piège que j'aurai tendu moi-même pour capturer des bêtes sauvages et dans lequel je me serai à mon tour laissé prendre? Je n'ai plus le souvenir de quoi que ce soit. J'ai la tête bourrée d'une ouate blanche et molle, pareille à celle où s'enlisent mes membres.

C'est probablement un de ces interminables rhumes de cerveau, si fréquents sous nos climats, qui me fourre entre les deux yeux cette masse obscurcissante. Je n'aurais pas dû quitter ma chambre; mais qu'y faire nuit et jour sans pouvoir seulement dormir une bonne fois, avec le constant souci de ne pas laisser s'éteindre la petite lampe? L'huile de poisson répandait en brûlant une odeur si âcre que j'ai dû espérer, contre toute sagesse, trouver au-dehors quelque soulagement; je n'ai fait qu'accroître, en me rendant plus malade, l'engourdissement dont je souffrais et qui constitue dans notre île l'état *normal* par excellence. Le manque de sommeil, l'air irrespirable, sans doute aussi la nourriture trop pauvre, trop peu variée, en sont à l'origine; il n'était donc guère raisonnable de prétendre y échapper.

Quelquefois, lors de nos veillées, Guilhem, ou Peire, ou un autre, rapporte des histoires merveilleuses d'ondines et de sirènes; pendant quelques minutes, nous rêvons de recherches, de découvertes, d'évasion. Mais nous savons tous que les sirènes sont des contes, au même titre que les navires voguant vers une terre heureuse, et que, même si cette terre existait, elle ne serait pas plus faite pour nous que ces filles à demi poissons, dont le sang vert est froid comme l'eau qu'elles respirent et qui ne parlent pas la même langue que nous.

Ainsi, nous n'avons pas d'autre perspective que de finir nos jours, solitaires, dans cette île pauvre et brumeuse, où l'on ne rencontre pas plus de sirène que d'arbre ou de fleuve.

On dirait qu'une couche de cendre recouvre toutes choses, enveloppant chaque surface, chaque angle, chaque ligne, d'une housse de gaze, ou plutôt d'un halo fangeux, qui les dérobe aux mains errantes à la recherche d'une ultime forme solide. Cette substance douteuse ne permet plus de vrais contacts, mais seulement des impressions fugaces, des incertitudes, des méfiances, qui ne font qu'épaissir un peu plus l'interdit.

Et ce n'est pas uniquement la matière inerte, mais mon propre corps aussi, qui sécrète et tisse autour de soi ce cocon inexorable; je me trouverai bientôt muré dans la masse, sans avoir poussé un cri. Dans un dernier galop, les étalons déments se débattent contre la petite araignée qui les a pris dans sa toile; ils frappent à la porte, de tous leurs sabots. Cette fois-ci, je n'ouvrirai pas; le visage narquois pendu au mur aura beau sourire, je répondrai invariablement : « Ce n'est pas moi. N'entrez pas. Ce n'est pas moi. » Ils cognent, furieusement, de tous les côtés, et au plafond, et aux vitres; prêt pour la suprême lutte, j'entends s'abattre autour de moi les cloisons...

Il n'y a pas de suprême lutte, je mourrai sans ardeur comme sans éclat. La citadelle où je vis retranché, que depuis longtemps la mer sape et menace, chancelle déjà sous chacun de mes pas hésitants; tandis qu'au sommet du donjon, dont l'eau maintenant atteint les créneaux en apparence intacts, j'accomplirai lentement ma dernière ronde, je sentirai soudain se disloquer les pierres au milieu des vagues. Ce ne sera pas un écroulement spectaculaire; on ne verra rien de très remarquable, simplement une retombée, un bercement, un repos, et personne d'autre que moi n'en appréciera le scandale. La poudre détrempée des bombardes ne pourra pas cracher la salve des adieux; je serai mort, et il ne flottera même pas, à la surface, un petit morceau de bois pour en témoigner.

Les flocons descendent; dans un instant tout sera

fini. Le froid gagne. J'avance toujours dans le même paysage lunaire, où se succèdent, au milieu des entonnoirs et des arêtes, d'énormes blocs rocheux disparaissant à demi sous la neige; rien de végétal n'émerge plus de cette blancheur terne et plate, aucune piste ne s'y distingue, ni devant ni derrière moi.

Non, ce n'est pas de la neige, ce n'est que du sable, du sable poussiéreux qui cède sous les pas, mais dont le vent reconstitue au fur et à mesure la virginité. D'autres peut-être sont venus ici, les marques abolies de leur passage ne trahissent pas la direction qu'ils ont prise; moi-même je ne sais plus d'où je viens.

D'ailleurs il fait trop sombre pour voir quoi que ce soit; c'est de nouveau l'hiver, notre hiver, où quelque informe maladie me guette, dont, cette fois, je n'aurai pas le courage de guérir.

Je suis couché dans ma chambre, cette chambre où j'aurai passé, seul, la plus grande partie de ma vie. La fenêtre derrière moi éclaire encore faiblement la pièce; déjà le dessin de la tapisserie se brouille sur le mur du fond. Il va bientôt faire nuit.

Tout est calme. Lorsque le médecin, tout à l'heure, m'a dit que je n'en avais plus pour très longtemps, le globe qui depuis trois jours tournait au plafond, sur sa tige métallique, s'est arrêté d'un seul coup, et j'ai vainement tenté de le remettre en marche. Absorbé par cette occupation, je n'ai remarqué le départ du docteur qu'au moment où je l'ai entendu refermer la porte; j'ai oublié de lui demander de quoi je mourais.

Je suis allongé sur le dos, la tête un peu soulevée par l'oreiller, et je me sens presque bien, à part un léger froid qui monte des jambes. De la rue ne vient pas le moindre son : j'habite un quartier tranquille que le bruit a rarement tiré de son repos. « Plus pour très longtemps », qu'est-ce que ça représente au juste ? J'ai essayé de me rappeler quelque chose, n'importe quoi, j'ai à peine retrouvé deux ou trois images : des terrassiers creusaient un puits sur l'avenue; le visage gris de poussière, ils contemplaient sans rien dire leurs gamelles qui chauffaient, tandis que l'un d'entre eux remontait au bout d'une corde un dernier petit seau de sable jaune; il devait y en avoir d'autres au fond du trou... Puis c'est au bord de la mer, une fois de plus, à la tombée du jour...

Un troupeau de moutons, immense, léger, floconneux, est entré dans mon dos, par la fenêtre; marchant vite, en silence, la tête baissée, ils formèrent bientôt un long triangle à travers les chaumes, pointé vers le sommet d'une colline basse qui limitait au loin la vue.

A mesure que les premiers s'éloignaient, d'autres venaient derrière, toujours plus nombreux et plus serrés. Ils se pressaient les uns contre les autres, sans pourtant parvenir à se fondre en une masse commune. Il n'y avait avec eux ni berger ni chien.

Achevé d'imprimer sur les presses de l'imprimerie Brodard et Taupin
58, rue Jean Bleuzen, Vanves. Usine de La Flèche,
le 15 janvier 1985
1407-5 Dépôt légal janvier 1985. ISBN : 2 - 277 - 21772 - 7
Imprimé en France

1772
★★

Editions J'ai Lu
27, rue Cassette, 75006 Paris
diffusion France et étranger : Flammarion